眼界

何权峰 著

青岛出版社
QINGDAO PUBLISHING HOUSE

图书在版编目（CIP）数据

眼界 / 何权峰著. --青岛：青岛出版社，2018.12
ISBN 978-7-5552-7155-0

Ⅰ. ①眼… Ⅱ. ①何… Ⅲ. ①散文集－中国－当代
Ⅳ. ①I267

中国版本图书馆CIP数据核字(2018)第140131号

本书中文简体字版经北京时代墨客文化传媒有限公司代理，由作者授权在中国大陆出版、发行

山东省版权局著作权合同登记号图字：15-2018-85

书　　名 眼　界
著　　者 何权峰
出版发行 青岛出版社
社　　址 青岛市海尔路182号（266061）
本社网址 http://www.qdpub.com
邮购电话 010-85787680-8015　13335059110
0532-85814750（传真）　0532-68068026
责任编辑 郭林祥
特约编辑 闫　訾
校　　对 李玮然
装帧设计 源画设计
照　　排 梁　霞
印　　刷 北京润田金辉印刷有限公司
出版日期 2018年12月第1版　2022年1月第6次印刷
开　　本 32开（880mm×1230mm）
印　　张 7
字　　数 80千
书　　号 ISBN 978-7-5552-7155-0
定　　价 36.00元
编校印装质量、盗版监督服务电话　4006532017　0532-68068638

建议陈列类别:畅销·励志

序 思路，决定你的出路

假如有人严厉批评你，会导致你愤怒或沮丧的情绪，甚至失去信心，对吗？

错了！在这情境中有一个关键——你的思考。

不同的思考导致不同的结果。有人批评你，你觉得生气，那是你的思路。换个思路，想到“多亏他替我着想，愿意提醒我”，也许你会反过来感激他。

走在路上有人撞到你，如果你想的是：“这人好粗鲁，真没水平！”就会愈想愈气。然而，如果你的想法是：“他可能有急事或是心里有事才会分神。”这时，你还会那么生气吗？不，你可能还会同情他。

当我十年前开始主持研讨会时，只要会中有人起身离去，我就会难过，觉得“那个人对我的话不感兴趣”或是“那个人不喜欢这场研讨会”。这种想法令我不安，我对自己越来越没信心。

这么多年来，我已经学会用不同的方式去看这件事，现在若有人在研讨会上中途离席，我会想“他一定是有约，必须先离开”或“他可能临时有急事”。由于我的想法变了，心情不受影响，我再度对自己充满自信。

我真的好希望在学校里老师教给学生的第一课是“思想如何产生作用”。人的一生当中，思想是我们所拥有的最有力量的工具。我们可以使用它，用来创造欢乐、信心、希望。当然，我们也很容易就让思想变成自毁的武器，只要常抱怨、爱生气、悲观、自我放弃，等等。这也是为什么心理学会成为全球最热的议题。

我们学了一大堆知识，我们学过历史、地理、生物、物理，还辛苦地学外语，学如何开根号、解几何。但是，大家是否想过比这更重要的事？心灵如何活动，如何提升自尊、看见自我价值，如何享受自我肯定的感觉、建立圆融的人际关系，如何创造美好的生活。这才是我们最需要的，不是吗？

知识是船帆，智慧是船底，我们往往空有知识却欠缺智慧，所以只要一点风吹草动，一点小挫败，船就摇晃不定，甚至翻覆。

人生不可能一帆风顺，任何人都会有失望与低落的时刻，但是你不能就此溃坐不起。要记住，如果你觉得沮丧，没有人强迫你这样忧郁消沉；如果你觉得不快乐，没有人强迫你沉溺在阴暗的角落。那是你自己不肯放弃负面的念头，不愿去看事物光明的一面。引述作家拉金斯的话："世上充满了美好的事物等待我们去欣赏，如果你看不见，那是因为你太执着于自己的悲伤。"

不久前我到台中草悟道散步，遇到一个只顾低头走路的男人。他一脸阴郁，愁眉不展。尽管他的周围满是美景，他却什么也没看见。想想看，我们生活在同一个世界，有的人觉得美好，有的人却一直陷在苦恼中，为什么？

眼界决定世界，思路决定出路。人生重要的不是所站的位置，而是所朝的方向。如同《美丽人生》这部电影所展现的，纳粹集中营也可以成为孩子眼中闯关夺宝的战斗营！

这个世界依旧，所不同的只是我们的想法。一转念，柳暗花明又一村。

如果你没有美丽的人生，那你最好有美丽的人生观。

——凡·高

名人的眼界

雷军

我想，我们只有来一次自我的革命，才能实现凤凰涅槃；我们只有打烂所有的坛坛罐罐，我们才会重新变得强大起来。现在，不仅仅需要各位有勇气、有信心，我们还需要有策略。

李彦宏

目标、奋斗、成功。人生经过这三种境界的历练，才能站得更高、看得更远，成就一番大业。

王健林

心有多大舞台就有多大，志向大小决定了你成功的概率。

洛克菲勒

有太多的人高估他们所欠缺的，却又低估了他们所拥有的。

扎克伯格

创业需要行动迅捷，突破常规。如果你不能不断突破常规，你的发展速度就不够快。

目录

Part 3
创意思考，钻出牛角尖

Part 4
尊重每一个人都不同

目录

Part 5
以对方的观点看事情

Part 6
快乐大半建筑在人与人的关系上

Part 7
人的价值，来自他对自己的评价

Part 8
预测未来最好的方式就是创造它

Part 9
每一个人都具有影响力

Part 10
追求在哪里，人生就在哪儿

目录

Part 11

看见拥有，而不是没有

Part 12

人生主导权在你手上

人们的灾难，常常成为他们的学问。

——《伊索寓言》

Part 1

人生，从解决问题开始

01 逃避问题，逃掉的是自己的人生

所有的人生，根本上都是解决问题的过程。课业问题、亲子问题、感情问题、婆媳问题、工作问题。当工作状况好转后，健康又出问题；健康好转后，小孩又有问题。有时似乎所有事情都同时纷至沓来，这究竟怎么回事？

首先我要说的话并不中听，因为只要你还有一口气在，就问题不断。也正因如此，人们常觉得人生苦乐参半，甚至苦多于乐。

我太太问我："你确定一开始就要谈这么负面的观念吗？"不，我并不认为这些是负面的。写在书的前头，因为它们是基本的真理。

人不去解决问题，问题自会解决他

受苦真的是必要的吗？

是，也不是。

如果你未曾经历你所经历的痛苦，那么你将过着平凡无趣的生活，你的内在将无法成长，无法具备深度，不会懂得谦卑，不会懂得慈悲，也难以体悟人生。

而为什么说受苦不必要？因为既然痛苦是人生的必然，也是必要的，又何必深受其苦？

人们常抱怨："为什么人生如此艰难，为什么我有这么多问题、这么多痛苦？"答案是，你没有从正确的角度去看待它。没错，你确实有问题，但是你把它看成了一件坏事、看成了不幸的遭遇时，它才会变成痛苦。

你可以检视自己痛苦的经历。当感到痛苦的时候，你内心发生了什么？你会发现，你一定是跟“真相”在对抗，因为你不愿接受那个事实，所以痛苦，对不对？

我们总以为保护自己免于痛苦就是对自己好，但无论你接受还是排斥它，事实都不会改变。如果你不愿接受事实，只会更加烦恼、痛苦。如果一直逃避，你最终会发现你逃掉的是自己的人生。

我曾看过一部电影叫作《命运好好玩》，描述有个人买了一个遥控器，没想到这个遥控器不但能遥控电视，还可以遥控人生。当他遇到了不想面对的事，他就用遥控器把它们“快转”过去。到最后他发现他的人生完全失控了。没想到，这个“命运遥控器”反而“遥控”了他。

人不去解决问题，问题自会解决他。有些问题现在不克服，它们就会跟着你一辈子。

02 会者不难，难者不会

什么是问题？当你的智慧低于它，它就是问题；当你的智慧高于它，它就不是问题了。

所谓“会者不难，难者不会”。有些时候，对一个人来说很难的事，对另一个人来说却很容易，这通常与人生课题息息相关。

譬如，你刚学骑自行车时，可能一再跌倒，你会一直惦记着要怎么骑，而且需要不断地练习。

一旦你学会了骑自行车，就不会再跌倒，也不必惦记该怎么骑。你可以许多个月，甚至许多年都不骑，但一坐上座椅后，仍四平八稳地骑出去兜风。

当你学会做某件事时，它就成了你的一部分，于是问题就消失不见了。即使遇到了，对你来说它也不再是问题。

直到你遇到其他的问题，然后你再学习下一堂课。

有时你愈不想遇到的人，往往就愈会遇到；你愈怕碰到的事，偏偏就让你碰上；你一直设法避免的状况，偏偏又再次发生……那是因为你还没学会解决问题。

我有一位学弟很懊恼："我最不喜欢被牵绊，也不想有小孩，可是我太太怀孕了……"他一向自由惯了，所以始终学不会"负责任"，突然到来的宝宝就成了他"躲不掉"的课题。

年轻时，我很怕寂寞，喜欢交朋友，爱热闹。而我最害怕的事，自然也是我最需要克服的。

后来我开始写作，必须花很多时间独处，这才让我学会面对自己，心也因此安定了下来。

谁会遇到问题？只有那些还没学会解决问题的人

找出你的人生课题：

你在生活和人际关系中，最害怕会发生或是想避免的事是什么？

有哪些人、事、物会影响你、伤害你、激怒你，让你觉得挫败？

你生活周遭的人常抱怨你的哪些习惯、行为和特质？

你在工作、金钱、感情或是健康方面，有哪些让你感到挫折或不满的问题？

生活中有哪些是你不喜欢却一再重复发生的事？

神学家约瑟夫·坎贝尔说过："唯有进入深渊，我们才能寻回生命的宝库。你跌倒的地方，正是宝库的所在地。你最害怕进入的洞穴，正是你探索之路的起点。”你最害怕、厌恶、排斥的，也是你最需要面对的。

学习人生的课题有点像成长，你不会因为长大而突然变得快乐、成熟、有智慧。

如果你自身没改变的话，同样的问题便会一再出现。你会以同样的剧本、同样的模式去演绎同样的人生，直到有一天你学会了用新的心态、新的方式、新的体悟去过相同的日子，才能开启全新的人生。

03 甘心领受，苦过必会回甘

很多小孩子不爱吃苦瓜，我自己小时候对苦瓜也排斥，每当父母要求一定要吃，总吃得心不甘、情不愿。可是不知为什么，到了某个年龄，我开始觉得苦瓜好吃，还很喜欢吃。

记得小时候，我放假时常要到山里的果园帮忙，当时总觉得自己命苦，尤其想到要走那么远的山路，更是百般不愿。后来长大之后，也不知为什么，我反而很向往爬山，尽管长途跋涉却不感觉艰辛，即使寒风刺骨也有如轻风拂面，途中若能来杯茶，更是一大乐事。慢慢体会“享福”与“受苦”加在一起的状态，才叫“享受”。

人多半都怕吃苦，遇到困难障碍时，通常都避之唯恐不及。然而问题也出在这儿，人想要满足和成功，不可能轻松简单地就得到。没有人会把一件容易做到的事情当作自己的梦想，就算刻意这样做也不会有成就感。

成长的感觉太重要了。想想看，假若有一天，高山缆车可以让我们轻易到达玉山顶峰，那么攀登玉山还会是一件令我们感到神圣的事吗？

人们的问题，往往会变成他们的学问

在古代文化里，年轻的男女要参加一种成年礼，当作进入成年世界的仪式。这些仪式牵涉到许多困难，甚至痛苦，象征着生命进入更高层次的体悟与觉醒。

我喜欢把痛苦比喻为生命的成年礼，把人生遭遇到的所有难题都当成是成长的阶梯。每经历一次磨难，就爬上一层楼。一楼有一楼的问题，而后还要登上二楼、三楼，每登上一个楼层，就必须经过一段不愉快的洗礼，才能得到成长和提升。

反之，逃避问题，也就丧失了能帮助我们经由黑暗走向光明、经由伤害走向觉醒、经由痛苦走向飞跃的机会。

这就好像爬山一样，当你在山底下时，你的视野被许多杂物和阴影所遮蔽，而后你往更高的一层爬去，视野就更开阔，看得也更清楚，直到爬上山顶之后再极目远眺，整个世界都将为你开放。

你将发现，这一路走来，你所经历的一切苦难的颠簸以及挫败、仇恨、绝望的荆棘，还有长满忧愁和恐惧的杂草和大树，都转化成了让你成长的养分，让你更坚强茁壮。

生命是来丰富我们的。人们的问题，往往也会变成他们的学问。我们虽不能决定自己要学习哪些课程，却能决定是要在喜乐还是痛苦中学习它们。只要甘心领受，你就会发现苦过必会回甘。

我这一生多么精彩啊，但愿我能早一点看透。

——高莱特

愉快的生活是由愉快的思想造成的。

——牛顿

Part 2

人的一生是由思想造成的

04 / 难怪你一直快乐不起来

每当我问一些对生活不满的人，究竟他的生活出了什么问题，他们通常有很多抱怨。但我知道，这些抱怨只是他们内在思考模式的外在展现而已。

美国著名哲学家爱默生说："一个人的存在就是他思考的表现。"甘地在他的书上也写道："一个人不过是他想法的产物。"思想是我们所拥有的最有力量的工具。我们可以用它来创造欢乐、希望，当然它也可能变成自毁的武器。

沉溺于消极的事情上，只会徒增它对我们的负面影响

我最近与一个人谈话，他说："我读过你的书，但还是快乐不起来。"他解释说，他因工作不顺，加上这阵子感情又受挫，心情常常莫名低落。他问："有什么方法可以改善我的情绪吗？"

"我认为你的问题不在情绪，而是在思想。"我告诉他。

"怎么说？"

"你每天起床，第一件想到的事情是什么？""噢！我想到又要面对讨厌的一天，心里就觉得厌倦。"

"你平时最常想到什么？"

"我会想我的生活真是一团糟，人生真是无趣。"

"那你上床就寝时想的是什么？"

“还不就是一样的事。”

“这就难怪你一直快乐不起来了。”

每次有人陷入问题或心情低落时，我都建议他们把心静下来，问问自己这个问题：“是什么样的想法造成我现在的问题和心情？”

如果你的火车开错铁轨，你所停靠的每一个月台都会出错

我们都认识一些生活不如意的人，如果你仔细听他们说话，你就会知道其中的原因——他们的思想毫无建设性，尽说些“我做得不好、我运气很背、别人都不支持我也不重视我、他们吃定我、老爱找我麻烦、我做任何事都不顺……”之类的话，于是果然做什么事都不顺。

也许有人会说：“但这就是我生活的情况，这些都是事实啊！”会这么说表示你还没了解问题的本质。想象你到车站买票，车站通往许多想法，而不是地点。你可以选择任何

你要的想法，而这些想法将会缔造你未来的经验。如果你经常会带给自己不愉快的想法，就像选择去那些你不想去的地方，是不是很傻？

要脱离这种恶性循环只有一个方法，那就是要明了并记住：你的想法是由你自己选择的，也是你自己要有令你不愉快的想法。

05 你在喂养哪一只狼？

一天晚上，印第安的查拉几族长老告诉孙子关于人心中的战役的故事。他说：“孙儿，这场战斗是住在我们所有人心里的两只‘狼’在打仗。一只是不快乐，就是恐惧、担心、愤怒、嫉妒、悲伤、自怜、憎恨、自卑组成的。另一只是快乐，就是喜悦、关爱、友善、慷慨、慈悲、乐观、感恩、希望组成的。”

孙子想了一下，然后问爷爷：“哪一只狼会赢？”

查拉几族长老仅仅回答："你喂养的那只。"

你注意的焦点平常在哪里？是看见你欠缺的，还是拥有的？是关注你受到的批评，还是获得的夸奖？是集中在你的忧虑和恐惧，还是希望与梦想上？是想到失败，还是成功？想到要报复还是宽恕？想的是让你感慨的事，还是感恩的事？

简单说就是，你到底要喂养哪一只狼？

你在生活中想要寻找什么，你就会发现什么

有一个好例子发生在我的同事身上。她的丈夫是个工作狂，没有什么时间留给她，对此她感到很受挫。几乎每个星期，她都会和朋友共进午餐，抱怨她的不快。毫无例外的，每次抱怨完丈夫，她只觉得更加气恼。

有一天她突然领悟到：她真正对丈夫感到气恼的是他工作时间太久，不过，也正因为丈夫拼命工作，她才有钱和时

间可以跟朋友聚餐。

所以，每当她想到丈夫时，她便面临一个重要的选择点。其一是去想丈夫的错，让自己气恼，其二则是去想丈夫的辛劳，这让她觉得满足和感恩。

更有意思的是，当她开始想丈夫的好，她和丈夫在一起的时候，发现自己比以前更能享受与他共处的时间了。对她的亲切，丈夫也善意回应，现在他们两人共处的时间也比以往都长了。

前阵子，有人在我背后说了些莫须有的事，造成了同事对我的误解。原本我很气，想找机会报复，但这反而让我成天闷闷不乐。于是我问自己："我要喂养那只恶狼吗？"当我决定宽容以对时，心情很快就平静下来。

你可能遇到一些不如意的事或者面临着极艰难的问题，你有很好的理由让自己不快乐。你可以继续你的否定想法，和以往一样，但是负面消极并不能让情况好转，抱怨批评只会使事情更糟，不是吗？

有时我们会碰到一些人，境遇并不如意，不知道他们为什么可以活得那么快乐。还有些人处境悲惨，为什么还能苦中作乐、眉开眼笑？

其实关键都在一念间——你选择喂养哪一只狼，哪一只就会赢。

06 想法改变，人生就跟着改变

女友生日，小王兴冲冲地送了一盒蛋糕过去。

女友说："我们的感情，就像插在蛋糕上的蜡烛一样。"

小王高兴地说："象征光明与希望？"

女友冷冷地回答："不，随时都会吹了。"

愈往好处想象，人生就愈开阔

这世界是中立的，发生在你身上的事，没有一样是绝对正面或负面的，你之所以认为事情是好的，那是你的诠释；同样的，当你说某件事是不好的，那也是你的诠释。

例如：甲没邀请乙参加结婚喜宴，乙认为自己受到甲的轻视而闷闷不乐，甲事后解释："我是在替你省事，让你既不用花钱买结婚礼物，又不用跟一大堆陌生人挤在一起观礼，省得你无聊。"

两个人遇到迎面而来的上司，但对方没有与他们打招呼，便自顾自地走过去。

这两个人中的一个，对此情景是这样想的："他可能正在想别的事情，没有注意到我。"

而另一个人却有不同的想法："他有什么好神气的，竟然故意不理我。"不同的想法，就会产生不同的情绪和反应。

我有个朋友被调派到业务部门，没想到才去几天，主管就指名要他负责推广公司最滞销的产品。

许多人都为他抱屈，认为主管在刁难他。他却乐观地说："就算主管在刁难我，但也是在帮助我啊！想想看，如果我连公司最滞销的产品都能卖出，要我卖其他产品，不是就轻而易举了吗？"

主管交代你工作，你心想："他是在找我麻烦。"心里一定会觉得不舒服。

反过来，如果你想的是："他非常看重我。"结果就完全不同了，不是吗？

愈往好处想象，人生就愈开阔；愈往坏处思考，人生就愈滞碍难行。

我们都是自己思想的产物

有位太太结婚后和婆婆同住，她有一大堆牢骚。

"我们每个月给她零用钱，所有生活开销我们负责，生病住院和出国旅游又额外支付。每次生日她还要求我们给红包，祭拜也都坚持要准备丰盛的祭品，这都是沉重的负担。她真不体恤我们。”她常跟丈夫抱怨。当然啦，婆媳关系也搞得很糟。

先生的诠释就完全不同。他说：“妈妈送给我们现在住的房子加上家中的事业，算起来也不少钱了，我们给妈妈的钱就当作每月贷款的利息吧！”

“妈妈要红包是怕我忽略她，祭拜用最丰盛的祭品，也是为全家祈福啊！”

“只要她心情愉快，精神有寄托，没有病痛，可以到处走走，不也是我们的福气吗？”

卡耐基训练的创办人戴尔·卡耐基（Dale Carnegie）曾被媒体问到：“你一生当中所学到最大的教训是什么？”他不假思索地说：“我们都是自己思想的产物。”

很多人不明白，任何事情都是从想法开始，先有想法，才有可能改变行为，之后才能改变个性，人生也可以因此而改变。

我年轻时，总是把父母对我的管教解读成：“他们不尊重我，他们侵犯我的自主权。他们老是管我、使唤我！”也因此，我常常心生防卫而且很排斥父母的管教。直到自己长大了，我才了解到父母的苦心，他们再跟我说同样的话，我的感受却完全不同了。你看到这不同之处了吗？

情况完全一样，唯一不同的是我的想法。想法改变，人生就跟着改变。

改变你的想法，就会改变你的世界。

——诺曼·文生·皮尔

能够弹出声音的弦本来就不止一根，
你也可以用其他的弦来弹弹看。

——卡耐基

Part 3

创意思考，钻出牛角尖

07／这样想对事情有帮助吗？

你想什么想得最频繁，你就会得到什么。这是一个有趣的事实：我们的心中最强烈的意念，经常在不知不觉中引导我们的行为并把这个念头转化为事实。

比方说在课堂上，害怕被点名作答的学生，心里常会想着："拜托，千万不要点到我。"奇怪的是，老师偏偏就会点到他。

许多有失败经验的人，往往容易再次失败，原因即是他们把焦点放在“不要”失败，而不是“要”怎样成功，他们总在想“做错了什么”而不是“做什么才对”，结果往往又再次错了。

从前，高空走钢索的马戏团表演并没有张挂安全网。有一位非常著名的表演者卡尔·华伦达曾经以他步步惊魂的特技，惊艳了无数观众。但是他在波多黎各表演时，却失足落地，魂归西天。后来，他的太太说出了原因。原来，他一直怀疑自己会掉下来并时常问太太：“我万一掉下来怎么办？”他把很多的时间用来避免掉下来，而不是用在走钢丝上。

思路决定你的出路。如果你想到的是问题，你会发现各种问题；如果你专注渴望的是结果，往往就会得到美好的结果。成功的人懂得以紧盯目标来克服猜疑、恐惧和不安的情绪，而不是专注于恼人的困扰上。

我们处在什么地方不要紧，要紧的是我们正朝什么方向移动

因此，每当发现自己感到恐惧、烦恼、忧虑，甚至沮丧，我经常问问自己："我在想什么？这样想对事情有帮助吗？"

我常跟病人说：如果你把注意力放在想要去除你的痛苦上，那么你的注意便集中在你的痛苦上。可是，如果你的注意力放在健康、内心安宁上，那么你便会朝这个方向走。一位克服了癌症的病人如是说：

"有人问我如何治好癌症，我总是这么说：'我没有治疗我的病——我只是决定要专注在生活上。'这两者是不同的。"

有一位旅客首次搭乘客轮，他与船长聊了起来："船长先生，你对河中的每一处险滩，一定都知道得一清二楚，对吗？"

船长说："没有，我对河中的险滩并不完全清楚。"

旅客惊讶地说："你不知道哪里有险滩，怎么能驾船呢？”

船长说：“为什么一定要在险滩之间摸索呢？我知道哪里是安全的深水，不就够了吗？”

这就是我想传达的。永远要记得你想要的，而不是你所担心害怕的。

不要老是想你的问题，去想想你期待的结果吧

我听说，有个摄影师技术一流，然而他最怕帮人拍集体照。原因是，一排排坐着或站着的人，时间稍长就不免觉得无聊，即便不是闭目养神，也会不时眨眼。几十个人，甚至上百人，啪一声照下来，就会有睁眼的，也有闭眼的。

闭眼的看见照片，当然不高兴。觉得自己不小心闭个眼，你为什么偏偏选这张？

于是只好重新喊：“一！二！三！”但反复几次，恰巧在喊“三”字时，总是有人闭眼，该怎么办？

后来这位摄影师换了一个思路，他请所有人闭上眼，听他的口令，同样是喊“一！二！三！”，但是要在“三”字喊出来时一起睁开眼睛。

果然，照片冲洗出来一看，连一个闭眼的人也没有，大家都显得神采奕奕，于是皆大欢喜。

换一种想法，会换一种心情；换一个思路，会多一条出路。

在生活中，你想要得到什么？更健康的身体？更好的成绩？更顺心的生活？更美好的关系？专注于它！不要老是想你的问题，去想想你期待的结果吧！

08 / 我还能做什么？

朋友寄来一篇很有意思的文章：

某电台请了一位商界奇才做嘉宾主持，大家非常希望能听他谈谈成功之道。但他只是淡淡一笑，说：“还是出个题考考你们吧！某地发现了金矿，人们一窝蜂地拥去，然而一条大河挡住了必经之路，是你的话，会怎么办？”

有人说绕道走，也有人说游过去。他却含笑不语，最后才说："为什么非得去淘金，为什么不买船开展营运？"

大家这才恍然大悟。他说："那样的话，就算船票开价再高大家也会搭乘，因为金矿就在前面啊！"

是不是很有创意？

人生一定还有其他出路

你可能无法到全世界旅游，但也别因此就放弃游览你能前往的地方；你可能没有资本开始创业，但你仍要继续向友人或邻居推销你的产品；你也许不能胜任出缺的一个职位，但也别让挫折感阻碍你想进修的计划；你也许无法做到所有要做的事，但也别停止去做能做的事。

什么叫创意思考？简单来说就是看见另外的选择，发现其他的可能。如果你一时想不出来，就问自己：“我还能做些什么？”

有个妇人打电话给电力公司，说她家断了电，问该怎么办。电力公司的人建议：“打开冰箱把冰淇淋吃掉？”

人生不是非Ａ即Ｂ，而是Ａ、Ｂ可以同时并存，甚至Ａ、Ｂ都没了，也可能发现Ｃ或Ｄ。将这种思维发挥得最淋漓尽致的人，无疑是丹尼尔·笛福笔下的鲁滨逊。

当鲁滨逊遇到船难，他人生的方向骤然转变，他并没有悲叹，相反，他利用岛上的一切求生存，探索各种可能。如果他怨天尤人，可能会浪费时间在哀悼自己失去的一切上，最后饥渴而死。

不是路已到尽头，而是该转弯了

不管情况多糟，一定还有什么是你可以做的，想想看。

有位教授，因脑部血栓，走路和说话都有困难，这以后要怎么教学生？

他告诉我："我了解自己来到了一个交叉路口。我可以愤世嫉俗，专注在我的问题上，但我也可以选择另一条路，把我仅有的能力和体力用在'我还能做'的事情上。我最后决定通过写书来帮助学生。结果，我不但摆脱了沮丧，也知道自己未来要走的路了。"

一位脑部受到重创的年轻人，住院八个月，经历了感染和败血病，最终虽恢复健康，却留下了癫痫、局部瘫痪和视力问题等后遗症。他说："我可能永远无法驾驶巴士或飞机，但我会专注在可以做到什么，而不是不能做什么。"

有一位母亲在得知孩子得了癌症后，想了想："我还能做些什么？"于是她决定把孩子走过的生命历程记录下来。

她说："孩子走过与死亡交会的这一遭，我深深体会到生命的长度不是任何人可以控制的。在这无法掌控的生命历程中，要尽一己之力做自己能够做的事，就要积极地珍惜生命。”

写下陪伴孩子走过抗癌疗程的点滴就是珍惜生命的做法，每个孩子的情况、每个家庭的陪伴方式都不一样，这是值得写下来的，这是我能做的事。

引述美国教育家卡耐基的话：“能够弹出声音的弦本来就不止一根，你也可以用其他的弦来弹弹看。”

09 找找看，这其中有什么好玩的地方？

书店里有两类书很畅销，一类是食谱，一类是介绍节食的书。食谱告诉你如何烹饪美食，介绍节食的书告诉你如何不吃美食。

发电站外面高挂着一块告示牌，上面用红笔写着：严禁触摸电线！五百伏特高压，一触即死。违者法办！

报上说，有个人到超市去，丢了张一百元钞票给店员，要求换零钱。当店员打开抽屉时，这个人拿出了一把手枪，表明要劫走抽屉里所有的钱，店员只好照做。这个人拿了抽屉里所有的钱，然后逃走了，留下了那张一百元钞票。至于他到底拿走多少钱呢？答案是：三十五元。

我想说的是：在生活里每天都有趣事发生，我们欠缺的只是欢喜心和幽默感。只要你愿意去发觉，欢笑就无所不在。

生活因幽默而变得轻松，人生因幽默而变得美丽

有人或许怀疑：“光是笑有什么意义？”事实上，光是笑就有意义。想想小孩的笑声，只要有欢笑，就会发现身边是美丽的世界，幸福其实一直在我们左右，没有远离。尤其人在低潮、不顺心时，若能学会幽默以对，问题就解决了大半。

这例子我曾一再提到：有一对夫妻吵架，事后太太想起了过去所承受的种种委屈，不由得哭了起来，感叹自己真是“一朵鲜花插在牛粪上”。

先生正巧从外头进来，听到这话后马上自我解嘲：

“太太，牛粪来了！”

就这样，太太破涕为笑，先生化解了一场纷争。

钢琴家波奇有一次在美国密歇根州的福林特演奏，当他临出场的那一刻，才发现在座人数不到一半。他真的很失望，但他知道不能够让这种失望的情绪影响演出。于是他走向舞台的脚灯，向观众一鞠躬，然后对着观众说：“福林特这个城市一定很有钱！”观众纷纷对这个说法感到好奇。

稍稍停顿之后，波奇继续说：“我看到你们每个人都买了三个座位的票！”

观众爆笑，气氛马上就好起来了。波奇也顺利克服了自己低落的心情。

生命太严肃了，切莫事事当真

曾有人问我："人在低潮，又怎么笑得出来？"事实正好相反，事态愈严重愈需要以轻松正面的方式看待。关键就是把焦点放在"这件事有多好玩（或好笑）"，而不是放在"这件事有多糟"。

养老院里的几个老人聊天，有位老人说："返老还童的说法好像是真的耶！要不然为什么我们现在都包尿布呢？"幽默就像为婴儿换尿片，虽不能一劳永逸地解决问题，但是能改善问题。

有一位女癌症病人，她陷入了昏迷，家人都难过地聚集在床前哭泣，就在临终前，她睁开眼睛说道："天啊！你们的脸色怎么这么难看，发生什么事了吗？"接着她含笑而终。

英国剧作家王尔德说得对："生命太严肃了，切莫事事当真。"百善"笑"为先，只要你笑，世界都会跟着你笑。笑一个吧！

10 / 这其中有什么好处？

几天前我坐出租车，遇到一位健谈的司机，他东南西北无所不谈，从政治聊到经济，说着说着，他忽然叹口气：“唉！出租车这一行不好做。”

我说：“不会啦，大家都是一样，做一行怨一行，不过我倒是觉得，你们这一行特别好！”

司机说：“哪儿有可能，好在哪里？”

我说：“想想看，你可以每天都开着轿车出去兜风，还沿路有钱收，开到哪儿就收到哪儿。而且有时载客到风景区，像到阳明山、淡水，你顺道还可以赏花、欣赏夕阳、喝碗鱼丸汤，连路费都有人帮你付，这样还不好吗？”

司机露出了笑容：“嗯，被你这么一说，我这一行好像真的还不错！”

也是最近的事，我跟几个已进入职场的学生见面，有位当编辑的向我诉苦，她表示上司是个完美主义者，每天都很挑剔地将她写好的稿子和文案大改特改，令她倍感压力。我要她逆向思考，想想上司这些挑剔行为，对她有什么好处？

看她一脸狐疑，于是我告诉她：“你想想看，有人免费替你补习写作技巧，而且还是利用工作时间，不是很好吗？”

“好像也对，我怎么都没想到！”她不禁会心一笑。

每当遇到不愉快的事或发生问题时，我建议大家拿一张白纸，写下事件的经过，然后问自己：“这其中有什么好处？

你可能从中得到什么？

你的生活有了哪些改善？

你的人生因此变得更美好了吗？

你因此更了解了自己和这个世界吗？

你发现了一些以前不知道的潜能和长处吗？

这些不愉快的事情里，有什么正面的价值？”

思路决定你的出路

有位读者向我抱怨，说身边有些朋友常对他不怀好意，他因此耿耿于怀。

“这其中有什么好处？”我要他想想看，“他们这么做，能让你明白一件事——他们根本不是你的朋友。再者，他们摆明对你不好，起码让你看清了真相，总比表面对你好、背地里却偷偷算计你要好多了，不是吗？”

曾有人问我：“生病住院，有什么正面的价值？”

这样你才会开始注意身体健康，改变饮食习惯和作息，说不定还会开始运动，这也算一件好事。

“我的爱人跑了，又怎么说？”

也许没有他，你会过得更好。

“他说他从没有真心爱过我，这难道也有好处？”

没错，如果他很爱你，你现在不是更惨吗？

现代心理学之父威廉·詹姆士说：“智慧便是以非习惯性的看法看一样事物。”当你摆脱习惯性的思考模式，以一种新的方式去看一个旧的问题，你将发现自己愈来愈有智慧。

当一扇门关闭了的时候，另一扇就会打开。然而，我们太多时候，总是遗憾地盯着那已经关闭了的门，却对那扇为我们敞开的门视而不见。

——海伦·凯勒

对人不尊敬，首先就是对自己的不尊敬。

——惠特曼

Part 4

尊重每一个人都不同

11 / 先尊重，再相爱

地球上的人都有一个共同点，就是每个人都不同。即使是双胞胎，都有其差异之处。事实上，差异性会使世界变得丰富，有这么多不同的特质，就如同花园里有各种花。花的颜色若全一样，花园一定显得非常单调。花园之所以漂亮，正因为有黄、有橘、有绿、有红、有紫，有五颜六色。

用你喜欢的方式生活，听自己喜欢的音乐，爱自己的发型，这就是你。别人喜欢某个东西，比如爱养宠物、偏好某种香水、喜欢跳舞——也很好，尊重他的选择。有人喜欢独处，有人喜爱社交；有人喜欢古典音乐，有人可能喜欢激烈的摇滚乐。每个人都是自由的，若你不喜欢，也不必因此把他变成你的敌人。就像台式的臭豆腐相对于西式的奶酪，各有特色，何必相互嫌弃？

没有了基本的尊重，再美好的爱情也终会消散

常听人说："我就是看不惯某人。""我就是和某人合不来。"也常听人们说："相爱容易，相处难。"之所以合不来、看不惯、难相处，主要还是因为性格志趣上的差异。

我之前就和一位朋友聊到，有些人本来是很好的情侣，却一结婚就吵个不停；有些人本来是好朋友，后来常在一起却翻脸了；有些人本来是好兄弟，一起共创事业却闹翻……

是因了解而分开吗?

正好相反，其中多半是因为不了解而造成了误解。换言之，如果欠缺尊重，再好的交情也会变质。

很多人并未真的了解尊重。尊重，是不论我们喜欢或是不喜欢的，只要是出自另一个人的思想与感觉，我们都应该尊重，也就是接纳他人可以与我们不同。反过来说，如果因为自己喜欢一件事或一样东西，就用行动强迫别人接受，这就是不尊重。

人本来就有差异，但地球上的每一个人都有个共同点：那就是人都需要尊重。哪怕是一个小孩或是一文不名的人，都有被尊重的基本需要。每天生活在一起的人以及你所爱的人，更需要尊重。

当你觉得自己不被爱时，你有尊重对方吗?

曾有人问我，爱的本质是什么？有人说：是两情相悦的真心吧？这我不否认，但我认为更重要的是尊重，没有了基本的尊重，再美好的爱情也终会消散。

美国思想家爱默生一定对此深有同感，他在《女人要爱，男人要尊重》这本书中写道："我领会到了为何一对夫妻会这么难以去爱和尊重对方。因为每当丈夫感到不受尊重时，特别难去爱他的妻子；每当妻子不能感觉被爱时，特别难去尊重她的丈夫。"

他接着又说："当一个丈夫没有感受到被尊重时，他自然的反应就是无法对妻子表现出爱的态度；而当一个妻子从丈夫那边没有得到被爱的感受时，她自然的反应就是对丈夫没有半点尊重。事情变得一发不可收拾。没有爱，她便做出毫不尊重的反应；没有尊重，他便做出毫无爱意的反应。这样的恶性循环重复出现。"

我完全同意这个观点。事实上爱就是尊重。没有人可以一直当应声虫，附和着另一个人。所以，想想看：

当你觉得自己不被爱时，你有尊重对方吗？

当你跟某人不合、处不来时，反思一下他为什么要配合你才能和你相处？

你想做自己，为什么不让别人也做自己？

先尊重，再相爱。人与人相处就是需要互相尊重，能够尊重别人的人才能赢得别人的爱。

12 承认每一件事都可以有多方面的看法

松下幸之助曾讲过一个故事。他说，有一个人在池塘边拍了两下手掌，结果树上的小鸟以为有危险而飞走，水中的鱼以为有人要喂食而聚集，茶馆的女孩以为客人要喝茶而端出一杯茶来。一个动作引起了三种不同的反应。

这样的事在我们的生活中也是每天都在发生。人受过去生命经验的影响，对同一个事件，每个人都因自己的经验、角度、观点不同，而有截然不同的认知和反应。如果能了解这个道理，知道自己常常用主观的想法来诠释事情，那么你已经踏出了一大步。

另外，大家还必须明白，人总是只用一个角度看事情。比方说你和某人发生争执，如果你坚持自己的看法，那么双方便会对立冲突，要是你肯承认双方的想法都有道理，对立便自然消除。

你有没有想过，也许对方才是对的？

“主观”并没有错，重点是除了有自己的主观想法，同时还要考虑到其他人也有自己的主观想法。综合大家的观点，便是“客观”。

所以，每当遇到争端，当有人问我支持谁时，我会从口袋拿出一个硬币，然后要他告诉我哪一面才是正面。

我想说的是，两方面的观点都很重要。任何事物都是有双重性质的，有时候甚至没有对错。你以为错的，在别人看来或许是对的。尽管我们可能见解不同，我也要承认你的观点和我的观点一样重要。

以下三个步骤可以帮助你客观地待人处事：

了解你是主观的。发生冲突时，告诉自己：我的看法可能太偏狭。

抛开旧想法。当与人争论时，把它当作一种提示：是不是我太执着于固有的想法？

换个新角度看事情。检讨你对事情的看法，思考一下有没有可能对方才是对的？

环视我们周遭，想想所有我们认识的人，最不快乐、最不友善的人，就是那些自以为“是”的人。他们无法理解别人是以不同的方式看世界的。

如果你问这样的两个人为什么生彼此的气，为什么常常争吵，他们多半回答：“因为我们看法不同。”换句话说，他们认为看法不同必起争执。其实，意见不同也可以好好讨论，为什么非起争执呢？

想赢得认同，你就得很有智慧地说：“从你的角度来看，我能体会你的观点。”

记住，不论你认为你的见解多么客观，那都是来自你的主观意见。何妨站在对方的立场，再想想看呢？

13 / 能言善道不如洗耳恭听

说与听，是沟通的两大要素。“说”，表达了自我的思想和情感；“听”，则是接收了别人所传达的讯息。人喜欢“说”多于“听”，不过“听”其实比“说”更难。

“听”为什么如此困难？因为我们大都只关注自己的问题、思想和见解，我们通常都急于表达自己的意见，生怕他人不能理解我们的意思，唯恐没有发表看法的机会；而当别人和我们说话、向我们倾诉时，我们却表现得极其不耐烦。

也就是说，“我们只想得到别人的理解，却没想去理解别人。”

这就是为什么夫妻感情日渐淡漠、亲子关系剑拔弩张、朋友之间疏离冷落。长期的沟通不良，甚至不沟通，往往是问题的主要原因。

懂得倾听，就是最好的沟通

男人总是说：女人心，海底针！

女人则常感叹：真搞不懂男人！

其实问题不在男女差异，而是大家都懒得去了解对方。一方或双方不愿倾听彼此的心声。

心理咨询顾问和专业离婚律师最清楚这种情况，他们每天都在听委托人抱怨：“他根本没在听我讲话。”

不少父母、老师和主管也都有过类似的烦恼。他们以为已经把自己的意思说清楚了，却发现孩子、学生或下属根本没听进去。

在一个小学校里，老师发现一个男孩没有在听课，而且显得很浮躁，坐立不安。所以她就问："你为什么这样？你有什么问题吗？你没听到我在讲话吗？"

那个男孩回答说："听是可以听得到，能不能听进去才是问题。"

他说到了重点："听到是没有问题，但有没有听进去就是另一回事了。"你有没有想过你为什么要听别人说话？你听到的是自己的想法，还是对方的想法？这两者很不同。如果你有了先入为主的想法，或是只听了一半就以为自己已经听明白了，就得出了结论，这样听了不就等于没听吗？

一知半解比无知更可怕

话说有位老师一心劝人向善，于是鼓励学生："做好事，然后把它丢到井里。”他的意思是说：多做好事，然后立刻忘掉它，“施恩不求回报”。

但是隔天，有位学生马上身体力行，他帮助一个年老的妇人走过了马路，随后就将她推到了井里。

“做好事，然后把它丢到井里。”他说这是老师教的。

你对他人的了解往往受限于你认为你已经知道的事。要真正地去聆听，我们必须把所有的成见、预设摆在一边。我所知道的不可能和你所知道的一样，因为我们不一样。所以，在我说之前，先听你说。

美国小说家海明威曾感慨说：“我们花了两年学会说话，却要花上六十年来学会闭嘴。”开口可以是一时冲动，闭嘴却需要一定的自制力。要当个好听众，记得下面四条原则：

随时留心。把注意力放在别人的话题上，试着进入他们的观点，而不是从你的角度聆听。

注视对方的眼睛或脸部。不要左顾右盼，这样会使对方分心，而且让人觉得不受重视。

应声附和。这是让对方知道“我很认真在听”的最好的方式。回应对方的话，不妨就你所听见和理解的角度，说出你对他们所说的话的理解。

忘了自己。如果无法忘记自己，你便无法倾听。如果你的自我意识过多，那你是假装在听罢了。或许你会偶尔点点头，或许也会回应几句，但那不是倾听。

能言善道不如洗耳恭听。懂得倾听，就是最好的沟通；学会聆听，你到哪里都会受欢迎！

爱人者，人恒爱之；敬人者，人恒敬之。

——孟子

当我们能像对待自己的生命一般去体会别人的生命时，我们便实践了神的律法。

——朱塞佩·马志尼

Part 5

以对方的观点看事情

14 该如何看待犯错这件事？

有一个老和尚有两个徒弟，大和尚和小和尚。

一天吃完饭后，小和尚在洗碗，突然打破了一个碗。

大和尚马上跑到老和尚的禅房说：“师父，师弟刚刚打破了一个碗。”

老和尚手捻佛珠，双眼微闭，说道：“我相信你永远都不会打破碗！”

大和尚哑口无言。

当我们在人前严厉谴责犯错的人时，内心好像浮现了一股正气，好像自己是个不会犯错的人一般。然而在人后，我们真的没有私心？没有任何缺点？真的完美高尚到从不犯错？这问题实在值得大家深思。

谁能保证自己永远都不犯错？没有，只要是人，都会犯错，圣人也会犯错，连伟人也没有伟大到不会犯错。

既然我们自己也不是十全十美，那么该如何看待别人的错呢？其实不难，只要不要再用完美的标准衡量别人就行。其次，当我们面对别人的过错时，应该多包容，就像我们希望别人也是这样对待我们一样。

一个人愈不成熟，愈难从别人的角度看事情

有人曾说过：“当我们评判他人时，我们看他做过了什么，而当我们评判自己时，我们只是看我们想做什么。”我

们并不想犯错，或只是一时冲动，或是一时疏忽，或是恰好心情很糟。然而当我们评断别人时，却很少用同理心，这就是为什么人们总习惯严以律人、宽以待己。

为什么没同理心？这跟个人的成熟度有关。想想看这个故事：近几年，孩子通常只记得母亲节，几乎忘了父亲节的存在。

今天又到了八月八号，家里面一样没有人提起父亲节，爸爸有点失落地坐在餐桌前与家人用餐。

不久，孩子往冰箱走去，打开冰箱、拿完东西后，神秘地问爸爸："爸爸！你知道今天是几号吗？"

爸爸心中窃喜，以为孩子终于记得父亲节了……但爸爸若无其事地回答："今天是八月八号，有什么事吗？"

结果孩子沮丧地说："糟了！鲜奶已经过期了！"

同理心的培养或许是一切教育的重中之重。许多研究幼儿心理的专家认为：人在七岁以前，基本上都是以自我为中心的。如果没有随着年龄的增长而使心理上成熟，人便无法了解到别人的感受。假如我们对他人的感受浑然不觉，那所有人际关系都会变成无解的哑谜。

我们在别人身上看到的不完美，就是我们自身的不完美

以前我家小孩进出房间时，有时因风大，关门会砰的一声，我觉得太粗鲁了，于是斥责他们。没想到事隔几天，我自己关房门时也不小心砰了一声，孩子便回敬我说："这回是谁啊？那么不小心。"从此我就在这件事上闭上了嘴巴。

是我们的缺点使我们彼此相像。宽恕别人，就是要看到自己也有缺点和短处。有个故事，说是有个犯罪的女人要被别人用石头打死，于是一位智者就对那些打人者说："你们之中有谁不是罪人的，就可以把她打死。"意料之中的是，所有的人都离开了。谁敢说自己不是罪人呢？

当别人做了可恶的事，宽恕他确实很困难；但不论你愿不愿意承认，如果你和那个人一样失去理智、一样恐惧或对事物的理解一样局限，你可能也会做出同样的事。

因此，你要问："我是不是也曾有类似的行为？"一旦我们意识到自己的所作所为跟讨厌的人雷同，就比较能调动同理心了。

“恕”字拆开看，是“如”“心”，就是“将心比心”，你心如我心，我心如你心。你了解得愈深，就愈能看清，原来我们在别人身上看到的不完美，就是我们自身的不完美，此后你就不会再严厉地谴责犯错的人了。

15 将心比心，角色互换

感情贵在体会对方的心情

朋友好奇我怎么能够对人性如此了解，就问我：“你有什么诀窍吗？”我说：“很简单，就四个字：‘将心比心’。我想得到的东西，别人也会想得到；我会厌烦，别人也会厌烦；我会无助害怕，别人也会无助害怕；我不想承担压力和责任，别人也不想承担压力和责任……只要从别人的角度来看事情，就能理解任何人了。”

英文“了解”的动词to understand，字面的意思是“站在下面观察”（to observe standing beneath），这也是我常用来提醒部门主管的话：带人先要带心，要带心就必须先从下属的角度看事情。

战国时，齐国的公子孟尝君有食客数千，府中可谓宾客盈门、谋士云集。一次，他受人诬陷，被撤去了职位和封地，门下食客也纷纷离他而去。后来，他依靠贤士冯谖出谋划策，重新获得了相位和封地。当冯谖奉命迎接他回都城复职时，他不禁对冯谖大发感叹说：“我平时十分敬重贤士，不曾怠慢。可是，他们见我被撤职，就纷纷离开我，没有一个人愿意追随我。今天全靠先生之力，我才能官复原职。那些背叛我的人还有什么脸来见我？如果谁想重新回来投靠我，我一定要吐痰在他脸上！”

冯谖却说：“事物都有它必然的道理，您何必生气呢？富贵了，宾客自然多；贫贱了，宾客自然少，这是自然的道理。您难道没有见过那些到市场上去的人吗？天刚亮时，大家争着抢着挤进去；傍晚时，路过市集的人却甩着胳膊走过去，看也不看那些货物一眼。他们并不是喜爱早晨厌恶傍晚，而是因为傍晚的市集上已没有他们所需要的货物了。您先前失去了相位，没有了宾客们需要的东西，他们自然会纷纷离去。”

同理心也是以善心来诠释一个人。今天我们认为某人是敌人，但他也必然为某人所爱或携带着某人的期待；今天跟你竞争的那个人，他跟你一样想得到赞赏，想得到肯定，想得到爱。没有例外。

将心比心的诀窍，是角色互换，然后再思考一次

作家玛丽·沃夫史东卡芙特·雪莉说得对：“没有人会为恶而作恶，犯错只是因为想要追求快乐。”

看似高高在上的父亲也有他的委屈和无奈，我们嫌很爱唠叨的妈妈烦，但她为子女和家庭又付出了多少？而父母总是用指责、批评的方式去挑子女的毛病，子女心里又是什么感受？每个人都希望身边的其他人能够理解并且配合自己，但也都往往在不知不觉中忽略了他人的希望。

这种对话许多人应该都听过：妻子正在厨房炒菜时，丈夫在旁边一直唠叨个不停，一会儿说火太大了，一会儿说油放多了，一会儿又说把锅放歪了。妻子忍不住发火：“住口，我知道怎样炒菜！”丈夫平静地答道：“你当然懂得怎样炒菜，我只是想让你知道，我在开车时，你在旁边喋喋不休，我的感觉如何。”

你也可以换个身份，在心里先选好对象，然后开始去想象，想象你变成了你选择的那个人。举个例子，如果这人是你的爸爸或先生，他在上班，你就想象自己开着他的车去公司，你开始过他所过的一天，一直到回家进门，看到家中一团乱，而你正靠在沙发上滑手机的画面，他的感觉是什么？他的心里会作何感想？

你期待有更好的人际关系？想与别人更知心？那就开始将心比心，角色互换一下吧！

16 / 了解一切，便是原谅一切

你觉得那个人自私、无礼、讨人厌，让人看不顺眼。

但是，如果你知道他童年曾经受虐，没人疼爱他，还遭受过许多创伤，你还会那么厌恶他吗？

我认识一个老师，他平常是很温和的人，但是只要有学生不专心听讲，或在课堂上说话，他就会突然发飙。后来在一次闲聊时才得知，原来他父母在他小时候都很忙，常冷落他，听他说话也总是心不在焉。

以前有位同事令大家都“敬而远之”，就我记忆所及，从来没有听过她正面评价一个人或一件事。她给人的感觉也很强势，说话总是咄咄逼人……我实在忍不住好奇，就问她，她怎么会那么有“威严”？

她说，她从小失去父亲，母亲又得了重病，身为长女，她必须一肩扛起家计，还要面对世态炎凉，她绝不能“软弱”。原来悲观是她的自我保护，强势则是一种自我防卫。关闭的心，原来最需要关心。

人只有在了解以后，才能真正看见

我们若关注我们所不喜欢的人的内心，就会发现他们往往是因为不快乐才做出那些讨人厌的事。仔细观察你会发现，经常伤人的人，往往内心有许多伤痛；通常成长环境很糟或目前处于逆境的人，说出的话也总是尖酸刻薄的；刁难他人的人，多半怀有自卑心理；通常越不安的人，就越觉得必须塑造出自己很强悍的假象。

《与神对话》中有句话说得好：“当了解到来时，谴责便走了。”当我们对别人有愈深的了解，就会有愈多的谅解。

听学生抱怨父母时，我总建议他们：如果你想对父母有更多了解，可以和他们谈谈他们的童年；若你耐心倾听，你就会发现，他们无理和僵化的思维模式是怎么来的。

所以，你若真心爱一个人，想了解对方，就必须以好奇心替代怒气，深入探究对方为什么会有这样的言行。不要因对方的言语触及了你内心的敏感处或弱点，就反击回去。感情贵在能体会对方的心情。如果你是怀有敌意的，你怎么能够去感同身受呢？

想着“他挺可怜”也就算了吧！

宽恕就是将他人不恰当的言行看成是脆弱和痛苦的表

现。这样的人需要的是同情，而不是报复。当然，这在一开始很难做到。

西方的一位佛教老师艾·华勒斯曾如是比喻：“想象你两手抱着杂货走在路上，突然有人冒失地跟你撞了个满怀，杂货散落一地。你从蛋壳与番茄汁中起身，正打算破口大骂：‘你这白痴，你有毛病啊？瞎了眼吗？’但就在你说出口前，猛然发现撞你的人是个瞎子，他也被撞得东西散落四处，于是你的怒气顿时烟消云散，取而代之的是同理心的关切：‘你受伤了吗？需要我帮忙吗？’我们也是如此。当我们清楚地领悟到，世上的冲突与悲惨乃源于无知时，通往智慧与慈悲之门就此打开。”

当有人激怒你的时候，你就自问：“这个人以前受过什么样的对待，以致如此对待别人？”

问过自己这个问题之后，想象一下这个惹你讨厌的人也许是从小欠缺爱，也许是曾受到什么伤害，也说不定这个人长期受到批评排挤，而你所见的正是他伤痛的表现。借着把对方想象成可怜的人，你的同情心就会油然而生。

诗人泰戈尔说："理解就是爱。"一旦你完全理解，原以为的恶意也就可以原谅。想着"他挺可怜"，也就算了吧！

唯有穿鞋者知道什么地方太紧。

——美国谚语

朋友就是：

一个不为任何理由而前来看望你的人，

一个把自己所做的不光彩的事说给你听的人，

一个你喜欢他，乃是因为有他陪伴时，

你也会很喜欢自己的人。

——亨利·吴尔夫

Part 6

快乐大半建筑在人与人的关系上

17　损友一人多，好友少一人

人的一生都需要朋友相伴。

谁都知道，有真正的好朋友是人生一大乐事。一起读书能集思广益，有趣的事有人分享，难过时有人陪着你度过，生病有人关心和照顾，落后时有人会推你一把，开心时朋友比你更开心。正如瑞典一句谚语所说：“与人分享的快乐是双重的快乐，与人分担的痛苦是减半的痛苦。”

谁都知道，朋友对我们的性格和行为有很大的影响。交到好的朋友，就会慢慢变得跟他一样好，交到坏的朋友，就会跟他学坏。《幼学琼林》上说：“与善人交，如入芝兰之室，久而不闻其香；与恶人交，如入鲍鱼之肆，久而不闻其臭。”朋友的性格也会逐渐变成自己的性格。所以，我们应该谨慎择友，谨慎地选择自己所在的圈子。

许多所谓的朋友，根本不是朋友

每个人都身处一个“圈子”，这圈子就是他所交往的人围成的。

玩音乐的圈子里，往来的多半也是玩音乐的人；跟爱赌的人交往，聚在一起就会赌；认识爱搬弄是非的人，圈内就是非不断。如果你问年轻的罪犯第一次吸毒和犯罪跟谁在一起，答案总是千篇一律：“我和朋友在一起。”只需看一个人结交哪类朋友，就能大略知道他是什么样的人。

有人把自己的圈子搞得很大，整天忙于应付各种关系，表面交友广阔，实则关系都是似有似无。有人的圈子越来越小，只接受永远认同自己、配合自己、紧跟着自己的人，甚至“不是圈内的人，就都视为对立的人”。不仅狭隘，而且更容易使关系产生摩擦、最终破裂。

你可能发现许多所谓的朋友，事实上根本不是朋友。他们并不乐见你超越他们，宁愿看陌生人飞黄腾达，也不愿看见你成功。只要你同他们是一丘之貉，他们便附和你，一旦你显得出类拔萃，就会受到冷嘲热讽。当你需要帮助的时候，他们跑得比谁都快。

藏族有句俗语：“损友一人多。”当真实的友谊已荡然无存，就别对那种虚假的友谊依依不舍，因为只有放弃与小人为伍，才能腾出空间，让更适合来往的贵人进入你的圈子。每一个新朋友都代表一个新天地，通过他们我们才能打开新视野。那些杰出的人之所以杰出，不仅仅在于他们自身能力的优秀，更在于围绕在他们周围的朋友也很出色。

如果你需要朋友，就先成为别人的朋友

要如何交到朋友？

当你想结交时，朋友都不知在何方。当你敞开心扉，愿意做别人的朋友时，朋友反而处处可寻。你无须改变任何人，只须改变自己，别人自然会聚拢到你身旁。

不管你想交到什么样的朋友，做法都很简单，只要自己先成为这样的朋友。要想交到知心朋友，先成为知心的朋友；要想交到够意思的朋友，先成为够意思的朋友，依此类推。

你的行为往往表现出你是哪一种朋友。试着评估自己，你是否喜欢让一个像你自己的人成为你的朋友呢？你是否只想别人能为你做什么，却吝于付出呢？你把朋友挂在嘴上，还是放在心上？你是锦上添花的人，还是雪中送炭的人？你真的有花时间关心朋友吗？许多人不懂朋友的深义，所以没

有真正的朋友。

文学家萨谬尔·巴特勒是个明白人，他说：“友谊好比金钱，赚钱容易存钱难。”我完全同意这个观点，重要的不是你有多少朋友，而是你是多少人的朋友。想过吗？

18 / 他为什么变成这样？

每一个人的本质中都潜藏有善的因子和恶的因子，这些因子不一定会显现出来，有些因子可能一辈子都没被发现过，有些则是遇到了一些人或事才显现。

你或许听过有些人跟某人交往后，好像变成另一个人，那其实不是变成另一个人，而是内在的善或恶被引发出来。

有一个朋友，我每次跟他见面后，总觉得特别累，心情变得低落。原本我也纳闷为什么，后来我想通了，是因为他的话题全围绕在搬弄是非，聊的都是些负面事件，不断挑起我的恶念，这就难怪我会变得情绪低落了。

跟玫瑰相处会闻到花香，跟狗相处就会有跳蚤

当你和某人在一起时或离开他后，注意一下，你会觉得充满希望，变得友善、感恩、正直、幸福、喜悦，那是因为你心中的善念被引发了；而有些人就完全不同，当你和他们在一起或离开他们后，会觉得耗尽了精力，变得怨怼、愤怒、烦躁、沮丧、邪恶，如果你有这样的情况，我劝你对他还是疏离点，因为那人是在引发你心中的恶念。

如果同样的情形发生在跟你相处的人身上，一个原本温和的人和你在一起后，变得暴躁；一个原本活泼开朗的人，变得畏缩；原本欢乐的气氛变得凝重；原本和谐的家庭或团体变得充满冲突、问题不断。这你就该检讨了。

我有个朋友，原本个性温和，也懂得进退有度，但婚后，他却变得很情绪化，尤其在处理婆媳问题时，常拿捏不好进与退的尺度，连教育子女也失了分寸。这是怎么回事？原因是：婆媳两人争斗不休，激发了彼此的恶念因子。可惜，大家都没觉醒。

常听许多男人抱怨妻子在婚后变成另一个人，这种困扰其实女人也有。然而“他为什么变成这样？”实在值得彼此深思。

跟着蜜蜂会找到花朵，跟着苍蝇会找到厕所

说一则故事：

有个公交车司机，一天早上和太太吵了架，带了一肚子怒火和一张臭脸去上班，可想而知，这位老兄开车和对乘客的服务都“火药味十足”。

开车时踩油门跟踩刹车都让乘客觉得十分不舒

服，又不断地超车、过站不停，上下车较慢的乘客还要被他埋怨，车上的乘客个个敢怒不敢言。

过了不久，公交车上来了两位慈眉善目的女士，她们上车后也感觉到了司机先生今天的火气不小，但她们脸上仍然带着笑容，过了两三站后她们要下车了，第一位女士微笑着跟司机说：“司机先生，谢谢你，辛苦你了！”第二位女士下车时也跟司机微笑说：“感谢你，辛苦了，再见！”说也奇怪，两位女士下车后，司机的脸上逐渐扫除了阴霾，火气好像也被浇熄了，最后，竟然露出了笑脸……

《三字经》开篇即说：“人之初，性本善，性相近，习相远。”人的本性都是善良的，这话是孟子说的。孔子说，人的本性原本都是很接近的，不善也不恶，后来因生活环境不同，学习了不同的事，相差才越来越远。

要我说，人性本善，也本恶。跟着蜜蜂会找到花朵，跟着苍蝇会找到厕所。

常有学生问：要如何知道某人是否值得交往？

我说：很简单，只要看和那个人在一起后，自己变成怎样的人。如果越变越好，越来越快乐，这个朋友就值得交。再来，你可以看看你喜不喜欢和那个人在一起时的自己。如果你开始厌恶自己，甚至不断看到自己潜藏的恶念因子，就必须好好考虑了。

19 批评不会带来改变，赞美才会

我坚信没有任何批评是有建设性的。

在我看来，“批评”本身就是个负面词。如果你对某人说：“你很差、你很逊、你白痴！”他会变好吗？不，永远不会！因为你对他的人格、自信，都直接地给予打击，他不但不会改变，还可能向你反击。因为你已伤了他的自尊。

把别人说得很糟，却希望他变得很好，这可能吗？

证严法师说过：“脾气、嘴巴不好，心地再好也不算好人。”金恩博士更是明白地指出：“一个人若能感觉到你内心的轻视，你对他便不可能有道德上的说服力。”就像喋喋不休的妻子，嘀咕埋怨的丈夫，怒骂下属的老板和那些吹毛求疵的人，你会想听他们的话吗？

现在，换个方式试试。他人犯错时，改以同理心说：“你一定觉得很挫折吧？”“没关系，下次小心点。”朋友遭遇困难时告诉他们：“你能办到！”“我支持你，我相信你一定能愈来愈好。”听到流言，告诉朋友：“我知道你不是那种人。”对帮助你的人表达谢意：“你准备的晚餐好丰盛。”“你真会带人，你是统筹这个方案的最佳人选！”赞美胜利者：“真不简单，我以你为荣。”“这件事做得太好了，你真是个天才！”想想看，一个人在何种情况下比较可能受到感召？是感觉被你批评，还是受到你的鼓励？

世上没有几件事比积极的鼓励更有力量，一个微笑、一句赞美、一句充满激励的话，便能鼓舞一个人。

说好话，等于在做好事

网络上有个笑话，说是一个每天要骑自行车送小孩上课的妈妈，有一次为了小孩的一句话兴奋不已。原来，是小孩在上学途中，附在她耳边说："妈妈，你内向贤淑。"过了好多天，她才搞清楚，原来是小孩发音不清楚，把"逆向行驶"说成了"内向贤淑"，但那句话依然让妈妈高兴了好几天。

说好话，等于做好事。不管你是别人的父母、同学、同事，还是合伙人，你该时时刻刻想着希望在对方身上看到的特质。《甘地传》最重要的作者之一路易斯·费雪尔（Louis Fischer）对这位鼓舞群众的印度领导者这样评价："他拒绝去看别人的弱点，他通常按照人们的愿望而不是人们的现状来改变别人，好像在他们的身上只有优点而没有缺点。"你只要去赞美，那个被赞美的行为就会继续出现。

你难道都没发现吗？当有人称赞你的时候，你会表现得特别好，为什么？因为那人觉得你很好，而你不想让他失望，对不对？当你赞美别人时也一样。

所以，下回在你开始责骂或批评别人以前，请再想一下：“这对任何人有帮助吗？说出来有什么好处？可以改善目前的情况吗？会让大家感觉舒服一点吗？可以强化我们的关系吗？”没有用的话，又何必说呢？

20／让他喜欢自己，他就会喜欢你

有个母亲正在和儿子谈论他的女朋友。母亲问：“她为什么喜欢你？”

“原因很简单，”儿子回答，“她认为我英俊、能干、聪明、风趣。”

“那你为什么喜欢她呢？”

“我就是喜欢她认为我英俊、能干、聪明、风趣。”

如果你觉得某人喜欢你，你也会回过头来喜欢他，人与人之间的情谊就是这么来的。

每个人心中都有一种想当重要人物的感觉，一旦有人让他感受到这种优越，他就会喜欢这个人。

要使他人对你感兴趣，先从自己对他感兴趣开始

我认识一对好人缘的夫妇——涌川和联珠。记得刚认识涌川和联珠时，我去他们家的情形，真是如沐春风，他们是我所见过最有人缘的人。

凡是碰到他们的人，都会在与他们相处的半小时之内，对他们产生好感。为什么呢？他们既不是偶像明星，又不是富豪名流，更不是什么沟通心理专家，到底有什么吸引力呢？很简单，就是待人诚恳，让人感觉到他们真的喜欢、关心你。

他们借由问问题，询问对方的看法与想法，当个好听众并想法子让谈话轻松有趣又对彼此有益。即使是陌生人，很快也能像老朋友一样和他们交谈起来。

是英国前首相迪斯累利说的吧？“同人们谈谈他们自己，他们会愿意谈上好几个钟头。”真的，几乎每次拜访他们，我都超过原本预定的时间离开。

常有人问，听人讲话容易分心或是老想到自己，怎么办？

“最好的办法，就是对别人表现得极为有兴趣，这样问题就会得到改善。”这是我从这对好人缘的夫妻身上学到的，“当你和别人在一起的时候，只要全心全意地想着去研究他有些什么兴趣，鼓励他谈论他的兴趣。只要寻出他的爱好，你会因为研究他，便忘了自己。”人总是想着自己最感兴趣的事，只要你对他感兴趣，你对自己的兴趣自然会退到后面去。

不喜欢别人的人，自己也不讨人喜欢

这世上的每一个人都是自我主义者。你可以回想一下，只要拿起一张集体照，毋庸置疑，你最先会注意的一定是自

己。基本上每一个人最关注的都是自己，你是，别人也是，这是大家首先要有的认识。

不喜欢别人的人，自己也不讨人喜欢。有个实验，要一群学生在规定时间内，列出讨厌的人的名字。

计时结束时，每个学生都列出了不同数量的名字。结果发现，那些写出最多“讨厌的同学”名字的人，便是最多同学列名讨厌的人。勉强写出一个名字的学生，经调查结果显示，他正是班上人际关系最好的人。

有位心理学家还列出了一张人际关系自省表：

此人不在，万事皆休。

此人在比较好。

此人在与不在都无关紧要。

此人不在比较好。

此人消失更好。

你的位置处于第几位呢？

世界上最孤独的人，是那些不喜欢别人的人。不喜欢对方，要关心他就很困难，而若不先去关心他人，那些我们希望在家庭、社会中，被肯定、被珍惜、被在乎、被重视的渴望与需要，都会变得越来越渺茫。

相反的，当你去喜欢别人，问一些让人感到优越和有兴趣的事，比如："你怎么能做得那么好，有什么秘诀呢？"或"你是怎么教的，怎么能教出这么优秀的孩子呢？"一旦让他喜欢自己，他就会喜欢你。

人性中最深的本质就是渴望受到激赏。

——威廉·詹姆斯

无论你认为你能做某件事或者不能做某件事，你都是对的。

——亨利·福特

Part 7

人的价值，来自他对自己的评价

21 自我形象，你就是你认为的你

“我是个怎样的人？”日常生活中，我们很少会去思考这个问题，当然也不太会问自己：“我是谁？”大多数人都建立起了一种自我形象并相信那就是自己。

例如：“我很聪明”“我很体贴”“我是懦弱的”“我没用”“我很没耐心”“我面对人群时容易紧张”“我这个人就是这样”……不管你在“我”的后面加了什么，都成了你的自我形象。

这形象是怎么来的？是从我们年幼的时候开始建立起来

的。也许是因为曾经遭遇了某些成功或失败，也许是因为曾被赞美或责骂过，当我们相信“那就是我”，往后的一言一行就会深受影响，我们就成了自己现在的样子。

自我形象是自己构建出来的，当然也可以改变

如果你的自我形象是：“我很没耐心”，那么你做事情多半虎头蛇尾，只有三分钟热度，你可能会说“没办法，我本来就没什么耐心”；如果你认为自己是懦弱的人，就会表现得唯唯诺诺、怕东怕西；如果你相信“我很没用”，那么你就可能会不断地证明自己一无是处。

我们心里都有这一类对自己的看法，并且深受其束缚。之所以深受其束缚，是因为绝大多数人的自我形象都远低于自身的可能性，更糟的是，当自我形象低落到某个地步，就很难相信自己能够改变了。如同丹麦哲学家齐克果所说：“一旦你标定了我是什么样的人，你就是否定我。”

事实上，自我形象既然是自己构建出来的，当然也可以改变。

在医院，有位老先生是个老烟枪，因为轻微中风合并肺气肿而住院治疗。女儿一如往常，坐在他床边苦劝他戒烟。他不但拒绝，还要她帮他买香烟。他告诉她："我这辈子注定就是个老烟枪。"几天后，他再次中风，这次显然影响到了他脑部的记忆区。之后他便永久戒烟了——但并非出自他的决定。他只是某天早晨醒来后，忘记自己是个老烟枪了。

我们不必等到中风后才改变自我形象。不论你现在面对怎样的难题，也不论是哪种负面的自我形象在纠缠着你，你都可以彻底改变，转换自我形象。

你将自己想成什么样子，就会变成那个样子

以积极思考训练闻名的济格勒博士，有一次在纽约的地下通道，遇到一个卖铅笔的乞丐。济格勒和其他人一样给了

他一美元，却没有拿铅笔。但是他走过去之后，又回过头去跟乞丐说："我刚才给了你钱，所以你要给我铅笔。"

乞丐给了他铅笔后，济格勒就对他说："你跟我一样是实业家，你再也不是乞丐了。"

听到这句话，这乞丐便开始想："没错，我不是乞丐，我是卖铅笔的实业家。"从那一刻起，这个乞丐的自我形象改变了，甚至还产生了新的力量与勇气。他不断重复这句改变他命运的话。

之后这个乞丐真的成了一个实业家。于是他跑去找济格勒博士，对他说："你的一句话改变了我。因为其他人给了钱却不拿铅笔，我的自我形象一直是个乞丐。可是你拿了铅笔，还对我说：'你跟我一样是实业家。'从此我的一生就完全改变了。"

许多人无法改变，真正的原因在于没有可以改变的自我形象，不知道自我形象可以改变。现在拿出一张小卡片，在上头写下："我是个怎样的人"或是"我是谁"，然后将你喜欢的自我形象写下来。举例如下：

自信、聪明、风趣、漂亮，有内涵、有能力、有气度、有爱心，或是热情开朗、信守诺言、光芒四射……将这张卡片放在桌前、床边或装在皮夹里。时时提醒自己，低声重复念。

某位女明星受访时曾说："当你是一个明星，人们就会把聪明、漂亮、多才多艺等字眼加在你身上。然后，你就真的变成他们眼中的那个样子了。"新形象就是这样建立的，没错！你将自己想成什么样子，你就会变成那个样子。

22 自尊，看见自己的价值

想象一下，有人送你一盒苹果，你会因为包装有破损或苹果价格下跌，就不喜欢苹果吗？

当然不会，因为苹果还是苹果。

太多人不明白自尊是什么，也不明白它是从哪儿来的。

自尊是在你内心深处对自己价值的评价，不论别人怎么说你，你对自己真实的评价就是自尊。如果自尊是真实的，你就不会被别人对你的评价所影响。

叛逆，反映内在的“低自尊”

在学校我观察到，高自尊的学生都懂得尊重别人，也尊重自己，能看见自己的优点，也能坦然面对自己的不足，所以活得真诚、自在、较少与人发生冲突。而低自尊的人表面强势，怕别人说自己不好，因而常将责任归诸他人并要求别人尊重自己，甚至到了想操纵别人的地步。叛逆就是典型的例子，敏感度高，几乎随时都在意周遭人的想法与评价，反映了内在的“低自尊”。

一个低自尊的人为了捍卫自己的想法、立场，需要花很多的力气来证明自己是对的，是有用、有价值的人。然而就像有句话说的：“总想说服别人，往往是因为还没有说服自己。”

比如，有人喜欢买名牌，爱炫耀，这种借由他人的赏识来证明自己的价值，也反映了内在的低自尊。苹果漂亮、好吃，不管用什么包装盒去包都一样。一个自我价值很明确的人，不会在意穿什么衣服、开什么车、住什么地方，因为他看见了自己是出色、有价值的。

没有一种草是不会开花的，再美的花朵也是一种草

我想起一则故事：

有个老师告诉一群乡下小孩，学校准备报名让他们去台北参加作文竞赛。

孩子们一听到这个消息，又兴奋又担忧，兴奋的是，他们能够坐上火车去台北看看，担忧的是，他们这群山里的小孩，能赢过台北的学生吗？

头发花白的校长看出了孩子们的忧虑，他说："你们常常上山下田，谁能说出一种不会开花的草？"

是啊！孩子们想来想去，把每一种草都想遍

了，可是谁都没有想出乡间有哪一种草是不会开花的。蒲公英的花朵金黄闪亮，秋天时结满了降落伞似的小茸球。狗尾草狗尾巴似的绿穗就是它的花朵，就连那些麦田里的草也是会开花的。

老校长的话实在耐人寻味。栽在精美花盆里的花也都是一种草，而生长在田边和山野的草也是一种花啊！

人各有所长，每个人有每个人的价值，何必在乎别人的尊重或轻视？

你手上的这本书，假装它就是你。你喜欢书里的内容吗？或许有人有兴趣，有人没兴趣；或许有人会珍藏，有人则任意丢在一旁。但不管怎样，书的价值并不会因此而受影响。你的价值也一样，不会因为有人不喜欢你，你就没有价值。

23 自爱，接受自己的不完美

都说要懂得爱自己，别人才会爱你。只是怎样才是爱自己呢？

一位读者写信来问这个问题，我的回答很简单：怎样才算爱一个人？

一般人以为的爱，只是看见一张漂亮的脸蛋，一副姣好的身材，一份包装精美的礼物，或是有钱、有豪宅名车。但这是爱吗？如果你爱上某人是因为对方拥有这些，那你爱的并非这个人。

真正的自爱是无条件地接受自己，欢喜地做你自己。

不是要做完美的人，而是要做真实的人

也许你是个平凡的人，长得很普通，没有好身材，也没什么特别的成就，还有不少缺点，但那又怎样？那就去喜爱自己的平凡，喜爱你现在的样子，喜爱你健全的五官，喜爱你能说能笑的状态，喜爱你思维活跃的脑袋。

在医院，我曾见过许多伤残情况严重以及身体畸形的人，他们有的四肢残缺，有的遭受了极为严重的烫伤。

要他们喜爱自己，谈何容易？然而我却不断地发现：没有任何一种身体障碍，可以阻止人觉得自己美好，除非自己没有信心。

或许你有许多缺点、经常会犯错，那有什么关系？我们不是生来就理想或完美，活着就会不断犯错并从错误中学习。

年轻时，我觉得自己是个很失败的人，自信心不足，意志十分消沉。有时候觉得自己宛如蒲公英一般脆弱，常常因为别人一个不好的眼神、一句否定的话，就会受伤。

还好，我慢慢开始明了，我毫不留情地打击自己、否定自己，其实是因为设立了标准来对自己做评判，凡事要求完美，想要塑造高人一等的优越感。

“不要想做完美的人，而是要做真实的人。”后来我告诉自己：“你已经尽力了，对于某些没有做到的事，就放过自己吧！”

学会接受不完美的自己，才能看见自己的美好。

你可以“当自己当得很自在”，这就是自信

你是否曾在电视节目中看到一些大明星的回顾专辑或NG画面？对照刚出道时的生涩模样，他们和现在简直判若两人。是什么魔法改变了他们吗？当然没有。除了舞台的磨炼、积累的经验外，我想最重要的就是自信吧！

你可以“当自己当得很自在”，这就是自信。如果一个人可以无条件接受自己本来的样子，欣赏自己，就会流露出自信，自然会散发巨星的光彩，即使偶尔犯错、出糗，也无伤大雅。

而当你开始喜欢自己，别人自然会被你吸引，进而也喜欢你。

看不起自己者，也会被别人看不起。

——海斯利特

I think it. 我思索它。

I imagine it. 我想象它。

I believe it. 我相信它。

I live in it. 我成就它。

——摘自“瑜伽语”

Part 8

预测未来最好的方式就是创造它

24 相信，就会成真

“这是真的吗？”这个问题有两种答案：“是”或“不是”。如果你相信它是真的，那就是真的；如果你相信不是真的，它就不是真的。

“我可以办到吗？”答案是：如果你相信自己能，你就能办到；如果你认为自己不行，就真的不行。

“你相信有真爱吗？”答案是：不管你“信”或“不信”，结果会跟你想的一样。认为有真爱的人，就会真心地去爱，很可能得到真爱。认为没真爱的人，本来就对爱怀疑，所以永远也得不到。就算得到了，也不会相信那是真的。或许你已经知道了，这就是自我实现预言。

无论你相信什么，只要深信不疑，就会成真

预判一下你刚认识的朋友吧！如果你认为他是个友善且真诚的人，你对他就会友善真诚。然后他也会以同样的态度回应你，而他的友善与真诚又应验了你最初的预设。

反过来，假如你认为对方是个冷漠高傲的人，就会对他比较拘谨严肃，敬而远之并认定对方难相处。

这种现象在学校里经常看到。老师的期许往往影响孩子的成就。被老师忽略的学生常有低成就的倾向，因为学生们知道老师对他们的期望不高，加上自己又表现不佳，形同自我放弃，进而影响他们各方面的表现。若是老师多去表达："我相信你能办得到，同时我会给你所需的辅导。”孩子便会觉得受到鼓励、支持而有截然不同的表现。

自我实现预言，也叫自我验证（self-fulfilling prophecy）。好的预言往往带来好的结果，好的结果又强化了原先乐观的预期。相反，坏的预言往往导致坏的结果，而坏的结果又证明了原先悲观的预期果然正确。

使一件事情发生的最好方法，就是预测它会发生

我听说，有个男子经营一家餐厅，由于物美价廉，加上男子把餐厅内外布置得非常美观，还雇人专门负责打扫清洁，因此餐厅生意一直很好。

有一天，男子突然在报纸上读到一则报道，报道指出：最近全球都面临经济不景气，尤其愈是基层的产业，遭受的冲击愈大。以某市为例，短短半年，就有三分之一的餐厅歇业。

老板看到这里，心中也不由得紧张起来，心想："虽然最近餐厅的客人没减少，但我还是要'未雨绸缪'，先精简餐厅的开支才好！"

可是，该从哪里开始呢？老板心想，简餐的排骨缩小一点、红烧牛腩也少一点吧！每一样东西的价钱都提高一点，这样我就可以赚更多了……最后，老板索性辞退了清洁人员，心想"自己来打扫，经济又实惠"。但他一个人要忙点餐、出菜，还要忙厨房，根本没时间整理环境，所以餐厅也愈来愈脏。

半年之后，原本生意兴隆的餐厅，变得门可罗雀。这名老板还得意地想："幸好我有为不景气事先做准备，否则我的亏损一定更大！"

怪不得罗马哲学家塞尼加会说："可悲与愚蠢之甚，莫过于期待不幸降临，厄运未至便先等候，无异狂人行径。"

很久以前，美国经济萧条时曾经发生过这样的事。坊间谣传某家银行要倒闭了，快领不出钱了，听到这消息的人全部一窝蜂地跑到银行去挤兑。结果银行的现金一下被提光，这家银行果然倒闭了。

倒霉的最大前兆就是预测快倒霉了。如果你老是将事情往坏处想，你很可能成为预言家。

25 信念，相信自己行

谈到成功，首要因素就是自信，而自信的首要因素则是有成功的信念。这是我的观察，人们无法成功的最大原因，并不是他们不能做或做不到，而是他们缺乏自信，不相信自己的价值与能力，这跟个人的信念息息相关。

我们常可以见到，那些自信的人勇往直前地获得了杰出的成就。在他们成功之前，有谁会相信他们是能够做到的呢？他们不比其他人具备更大的才能，甚至还有不如别人之处，然而他们有卓越的自信心。

而很多人拥有才能，却被信念局限住了，他们对自己满怀疑虑，因而裹足不前，以致一事无成。

信念就是我们的心灵程序

信念是什么？信念是一个人对自己的、对世界的看法。

有人这样说：“我从出生开始就注定不幸”“一碰到数字我就头痛”“这个社会就是人吃人”“我的身体很弱，一向如此”“有钱人都很势利”“穷人永远无法翻身”“我永远无法做我想做的事”“大家都不喜欢我”“我运气总不好”……一旦你接受了某个信念，往往会把它当成圣旨般奉行。

心理学家艾里斯曾提出认知心理学理论，他发现信念是人的思想根源。如果一个人的信念较理性、不自我受限，他的思想就会具有建设性且展现积极进取的一面。反之，则会导致负面的感觉和消极的行为。

看看你现在的生活。你不快乐、不健康、不和谐吗？你老觉得自己不够好，怀才不遇，无法突破现状吗？或是你一再遇到某些问题？你的人生正是自己信念下最直接的结果。

想人生有所改变，先要改变阻止你改变的信念

每当我问人："你有什么问题？"得到的回答通常是："我理解力不好，跟不上别人。我跟别人的关系，总是搞不好。他们凡事都针对我，不体谅我的困难。"

也有人这样说："我身体不好，不是这里酸，就是那里痛，全身机能都在衰退。"

还有人这么说："我没有存款，所赚的钱又少，时常入不敷出。我太没用，几乎做什么事情都做不好。"

我总告诉他们看看自己内心是否有根深蒂固的信念，想想："紧抓着这些信念对我有帮助吗？"同样的问题，你可以问问自己。

那么多年来你渴望的改变始终没有发生，其原因我猜可能是在你内心根本不相信它会发生。因此，它就不可能实现。你听说过的：“如果你的杯子已经装满了，便无法再装什么东西。”

每一个人都被自己相信会束缚自己的限制给束缚着。

有研究者把南美河流中食肉的水虎鱼放进水槽，进行以下实验：这种鱼为了找东西吃，会想游到水槽的另一端，但实验者在水槽的正中央放了一块玻璃挡住它们。那些鱼一直撞着看不见的透明玻璃，发现自己无法再前进。不久，这些鱼就不再往玻璃上撞了。几个星期之后，玻璃板被拿开了，但是这些鱼只游到水槽的中央，就会开始往回游。

其实多数人也被自己相信会限制自己的“玻璃”给限制了，只要你了解这一点，就可以看见自己无限的潜能。

如何改变信念？从选择你想要的经验开始。选择你要当什么样的人，要做什么样的事，要拥有什么。

好了，你要什么？

若知道不会失败，你会做什么？

若可以拥有一切，你会怎么做？

哥伦布发现新大陆，靠的不是航海图，而是信心；一个身无分文的僧人，能够建成一座宏伟的寺院，是他先有信念，然后付出行动，终于成为事实。想要成功，就要像成功者一样地思考。

相信自己行，是一种信念，一旦拥有这种信心，就没有什么事能难倒你。

26／美梦成真的捷径

人们常渴望实现梦想，却很少有人真的实现梦想。因为实现梦想跟渴望实现梦想是完全不同的。

你是否也察觉到：你常会去渴求某样东西，但是你对于能否得到并不抱希望。换句话说，你有一个期望，但是你对实现它并不乐观。你想要成功，但是你并不相信会成功，这就是为什么梦想往往只是“梦想”而已。

如果你没有梦，如何美梦成真？

听听这些杰出人物怎么说：

人们总认为能力与努力是带来成功的关键，但真正带来成功的，是主动做梦的能力。——酒店大王 希尔顿

我从十岁起，就想象全世界每个家庭都配有一台计算机，并且立志一定要实现这个梦想。——微软董事长 比尔·盖茨

我在十二岁时，就立志成为导演。我甚至清晰地构思了这个梦想，最后也终于如愿以偿。——国际知名导演 史蒂芬·斯皮尔伯格

我的想象力将会创造真实，我是好莱坞最顶尖的电影导演！——迪士尼公司创办人 华特·迪士尼

我生动地想象着自己乘坐光线去太空旅行的场景，还在这种想象空间里完成了我的实验和测量。——物理学家　爱因斯坦

我从小就能清晰地看见自己成为世界首富后的模样。我也从来没有怀疑过会成为世界首富的事实。——“股神”　巴菲特

的确，如果没有梦，又如何美梦成真？若想获得惊人的成就，这股渴望成功的强烈意志是首要的，更关键的是要将你的梦想视觉化——用心灵之眼看到栩栩如生的影像，这将大幅提高梦想成真的可能。

你没有得到你所要求的，但总能得到你所相信的

大多数奥运奖牌得主和世界级的运动员都会告诉你，想象在他们的成功中扮演了关键的角色。每一次比赛前，他

们会想象、感觉和体验他们完美地完成所有动作的细节。然后，在真正比赛的时候，他们就会自动进入想象的状况中。

许多职业高尔夫选手也说：“击出好球的一个秘诀乃是，在你击球之前，先‘看到’球滚到你要它到的地方。”

在影星阿诺·施瓦辛格尚未成名前，有一位记者访问这位一心想当演员的健美运动员。当他提到自己最大的心愿，是成为好莱坞最卖座的电影明星时，记者差点笑出声来。

以阿诺当时所拍的电影水平、奥地利德语口音和夸张的身材，实在很难看出他会在电影界有什么前途。

但是阿诺很认真地说：“我心里先创造一个我想要的形象，然后投入这个角色，就当它是真实的一样。”

活在已经完成心愿的喜悦状态里

有一个朋友告诉我，他想，如果能瘦下来，可以跑马拉松，这是他很久以来的梦想。问题是，他已过四十岁，超重二十公斤。不过，最后他仍下定了决心。

他越是想到他将来的样子，心里越是感到兴奋，当他开始看见自己变瘦，他越来越相信他能做到。

心想事成的秘诀，就是设法对你“想要”的东西感到兴奋、雀跃。

你应当以兴奋、雀跃的心情，去想象从事新工作，而不是持续抱怨你现在的工作。

你应当以兴奋、雀跃的心情，去感受完美的演出以及赢得胜利的美好。

你应当以兴奋、雀跃的心情，在脑海中想象成功的画面，而不是悲观和怀疑自己。

所以记住了：从现在开始，注意你内在的目标——保持快乐的心态，然后把自己活在已经完成心愿的喜悦状态里，这就是美梦成真的捷径。

27 成为一朵花，蜜蜂自然主动前来

我们习惯的思维模式是：要先有足够的钱，才去做善事；要先得到爱，才愿意付出爱；要先拥有能力，才去努力。要拥有或得到某些东西，才觉得快乐，这是一般人普遍的认知。

但这样的做法却是本末倒置。

其实，创造事实最快的方式，不是你“做什么”或你“有什么”，而是你“是什么”。

“做”与“有”的经验，是从“是”产生出来的

为了说明，让我们设想有这么一个人：他认为，如果再拥有多一点钱、多一点爱，或是解决某个问题，他就会快乐。

他一定很难快乐，因为他的快乐必须依赖外在的事物。反过来说，如果他“是”快乐的人，不管做任何事都快乐，那么他就可能赚更多钱、得到更多的爱和解决更多的问题。

“做”与“有”的经验，是从“是”产生出来的。你想成为受欢迎的人，首先你必须先感觉到你“是”一位受欢迎的人，然后再以这种身份去思考问题、做事情，然后成为受欢迎的人。

想得到爱，不应是费心去找爱你的人，而是应该先成为有爱的人，自然会有更多人爱你。想要富有，不必等到拥

有什么，而是应该先给予，让自己在心态上成为一个富有的人，然后你就会成为富有的人。

《圣经》上有一句话："凡有的，还要加给他，叫他有余。凡没有的，连他所有的也要夺去。"这是什么意思？难道有钱人会更有钱，没有钱的人会更穷吗？这听起来不是很不公平吗？其实耶稣讲的是心态，你一定要在意识上先感受到生命的美好和富足，然后美好和富足才会降临在你身上。

你对别人一笑，你也会感受到那微笑

有所求的祈祷之所以无效，是因当我们要求某种东西时，就是在表明自己欠缺。正因为如此，许多先知才提醒我们不要去要求，要多去感恩和给予。

我们常见到一些表面上看起来并没有什么好感激的，却为了人生的赐予而充满感激之情的人。他们其实是在创造。因为当我们去感激，就表明已经在“是”的状态里，越懂得感恩，随着那种感觉而来的好心情，越会吸引更多好事。

我们给予别人也一样，我们给出的一切，自己也会体验到。就如同你对别人一笑，你也会感受到那微笑。

如果你给出欢乐，你就会是那个欢乐的人；如果你给出爱，你就会是感受到爱的人，因为爱会流经你，再回到你身上。愿意“给予”的人，往往能够获得更多。

我常说：一朵充满花蜜的花，不需要要求蜜蜂为它传播花粉，蜜蜂自然会主动前来。

在人生里，如果你在寻求爱人，不应去寻找，而应该先做你寻求的爱人那样的人。

在人生里，如果你在寻求幸福，不应去寻找，而应该先成为人们的幸福之源。

在人生里，如果你在寻求快乐，不应去追求，因为快乐应该是你制造出来的，是你所分享出去的。如果你在寻求欢笑进入你的生活，当你走进房间时，请将欢笑带进房间。

预测未来最好的方式就是创造它。

——史蒂芬·柯维

当你遇见美好的事物时，所要做的第一件事，就是把它分享给周遭的人，这样美好的事物才能够在这个世界上自由自在地散播开来。

——弗瑞斯特·卡特

Part 9

每一个人都具有影响力

28 有人因你活着而幸福吗？

我从学生时代就开始搭公交车，看过各式各样的司机，有的服务态度恶劣，开车猛起步、急刹车、飙车抢快、过站不停、出言不逊还与乘客对骂；而有的司机心情平和，乘客上车说："请扶好！"到站时说："某站到了！"下车时说："谢谢！"面对这种敬业的司机，下车时，我都要说一声："谢谢！辛苦了。"

前阵子报道说，公交车上有扒手和性骚扰者，司机立刻征得全车的人同意，将车子开到最近的派出所报案。也听说有位公交车司机在车上听语言教学录音带，许多学生也跟着练习，一些上班族也当作复习。还听朋友说搭澎湖的公交车到西台古堡，司机在车上播放“外婆的澎湖湾”，让他立刻爱上了澎湖……

我要说的是：每个人都具有影响力，事实上，不论你知不知道或喜不喜欢，只要与其他人有任何互动关系，你都在影响每个见到你、感受到你或听到你的人。因此问题不在你能不能发挥影响力，而是在于要发挥哪一种影响力。

我对别人造成什么影响

“我对别人造成什么影响？”这是大家要经常反躬自省的。

年轻人总希望父母能从他们的角度来看事情，而如果他们能从父母的角度来看，就可以看出自己对家庭的影响——究竟你是减轻还是加重了家里的问题？你是帮了忙，还是帮了倒忙？

不管你从事什么工作、担任什么职位，每一天，你都对周遭的人发挥着影响力。他们可能是客户、老板、同事或是朋友。当你出于善意，表现出你最好的一面，你就是在造福他人。你要问的是：你在那个位置，是否尽力付出了？有没有你能做而没做的事？有没有你能分享而忘了分享的东西？

假设你想创业或正经营某种事业，我希望你能好好思考下列问题：

你的事业能帮大家解决什么问题？

你的产品或服务如何让大家的生活变得更美好？

如果你的事业明天就结束，这个世界会有什么损失？

当你年纪大了，你又能影响些什么？你让孩子看到了什么样的范例？他们是否看到了一个慈爱的老人，不只享受每一天，还对未来充满期待？或者，你是个爱吐苦水、充满无奈的人？我们的孩子会跟我们学习，孙子孙女也会。我们想要创造出怎样的人生观，让他们学习和怀念呢？

让你的存在，成为对别人的祝福

你的一抹微笑，可以让人如沐春风；你一句诚挚的感激之言，可能让人一辈子铭记在心；你分享了美好事物，那份美好才能够在这个世上散播开来。

别小看你的影响力。有位重症病人在得知自己病情恶化后，回到病房并没有大哭，她竟然还能跟病友谈笑风生。

病房的护士觉得这个人在这种情况下还有说有笑的，似乎不合时宜，便问她说：“在这种情况下，你怎么还笑得出来？”

她说：“微笑是我唯一能够给予的东西了。”

即使什么都没有，你还是可以给出笑容。特蕾莎修女说：“每个来到你面前的人，总要让他离去时，变得更好，更快乐。你要做上帝仁慈的见证；在你的面容里有仁慈，在你的眼光里有仁慈，在你的微笑里有仁慈。”

我想起，首都客运公司有个“笑话司机”，因为只要遇上塞车或发现乘客情绪低落，他就会主动在车上讲笑话带动气氛。不少搭过他的车的乘客，还主动写信向首都客运称赞他，上网介绍他，甚至还有人专程要搭车只为了听笑话。

想想看，在别人的生命中，你是否曾是或正是为他们带来温暖或欢笑的人？你是否在他们需要的时候伸出了你的手？有人因你活着而幸福吗？

你唯一要做的就是行动，让自己成为影响力的中心——让你的存在，成为对别人的祝福。

29／凡事都为自己的快乐而做

今天你请朋友吃饭，你会感到开心，但如果你是勉强请客的，同样是一餐，你却不会开心。为什么？因为不是出于自愿而主动做的事，就不会开心。

所以，“凡事都为自己的快乐而做”——这是我在课堂上经常提到，也是我“做人处世”的基本原则。如果你不想做某件事或觉得心不甘、情不愿，那就别去做。否则到头来只会落得满心委屈，最后还抱怨连连。

把“为对方做”，反过来想成“为自己做”吧

我们常听到父母怨子女，女友怨男友、男友怨女友……

“每次我都替你想，你却没有替我想。”

“我为他付出那么多，他都没有任何回报。”

“我每天都打电话给她，她却很少打电话给我。”

诸如此类“我这样对你，你怎么可以那样对我”的问题，使原本是自愿做的事，最后却变成了抱怨的理由。其实，如果我们能把“为对方做”，反过来想成“为自己做”，很多怨怼即可烟消云散。

有位太太向朋友诉苦：“我跟我先生完全没话说，他回到家以后只会坐在那里看报、看电视，什么都不做，我很厌倦这种生活！”

“你有把你的想法告诉他吗？”

“怎么会没说，我以前常跟他抱怨，但说也没有用，他

就像木头一样。”

“那你试试把你的感觉告诉他，但是不要要求他做出任何改变。让自己保持愉快，看看会有什么变化！”朋友建议她。

过了几个月，她们又见面了，朋友想起了上回的问题，就问：“你老公最近对你如何？”

“对呀！我忘了告诉你，自从上次你告诉了我方法，回去后我不把他的反应当成我的诉求，我做了我该做的。以前我会觉得很委屈，现在我倒过来想，所有一切都是为我自己的快乐而做，我不必在乎他要有什么反应，也不再怨他。说也奇怪，他最近会主动跟我说话，而且我们的感情也好了很多，真是谢谢你！”

因为是自己甘愿，才会心中充满欢喜

是的，你无法决定任何人的反应，你无法让任何人快乐，那不是你能掌控的。但你可以下厨为他做菜，也可以找他一起看电影、泡咖啡给他喝。如果他不喜欢，你便能了解那是你自己想做的。你泡咖啡、看电影、下厨做料理时很快乐，你是在为自己服务，无论他喜不喜欢都无妨。

这道理我也常提醒刚进入职场的学生。如果你认为：“我为公司打拼，为公司带来了利润”，你就会期待得到加薪和晋升，这往往是心怀怨念的开始；而“为自己”则完全不同，你会想：“这能增加我的经验，建立更多人脉，提升解决问题的能力。”人如果认为凡事“都是为自己做的”，不是为别人、为客户、为公司、为主管，则自然凡事能尽心尽力，勇于承担。

水灾过后，有位学生到灾区帮忙清扫，待了整整一个月。我就问：“清扫会不会很累？”他说：“说不累，那是骗人的，真的很累。但是我做得很甘愿，也很欢喜。”这是真心话，因为自己心甘情愿，心中才会充满欢喜，正所谓“甘愿做，欢喜受”。

30 多给一点，多做一点

记得在我小时候，在卓兰老庄大树下有个零售商，经常会赠送客人一些东西。如果客人买得多，店家会再多送一些东西，像是糖果或是冰棒，完全免费。或者顾客要买两斤面粉，店家会小心地称两斤面粉，然后面带微笑地再加进一勺面粉。这是培养顾客忠诚度的绝佳方法。

多给一点，同样是增加自我价值的绝佳办法。顾客、老板与公司永远在找这样的人，他们做的比原来允诺的还要多，做的比预期的还要快，做的比期待的更好一点或者让人觉得物超所值。

永远思考“我可以比别人多做一点什么？”

几年前，国外的朋友给我寄日历，我至今一直珍藏着，因为上面的一句话深深打动了我。这句话是：“The difference between ordinary and extra ordinary is the little extra.”中文的意思是：平凡者和卓越者的区别，只是这小小的“extra”，extra是额外的意思，也就是额外多给一点、多做一点。

我观察各行各业的成功者，这些人如果从事基层的工作，并非样样精通，但他们为什么能比别人出色？秘诀就在于，他们往往比别人多走一步，多流一点汗，多吃一点苦，多付出一点，多准备一点，多坚持一点。他们永远在思考：

“我可以比别人多做一点什么？”

所谓的“多做一点”，即是指越不喜欢、越困难的工作，就越需要多花时间去做。这可以应用在任何地方。比如：多复习几遍英文，在睡前多读两页书，坚持每天比别人多拜访十个客户。

我认识一位从推销起家的企业家，他告诉我：我每天都在想的几个问题是：最优秀的推销员都在想什么、做什么？我的服务跟其他推销员有什么不同？客户最关心的是什么？我能额外提供什么帮助？这小小的“extra”，凸显了他的价值。于是，他成了每个老板和客户都抢着要的人。

成功者之所以成功，在于去做了失败者不喜欢做的事。

社会上很多人看到别人的成功，心里总有点酸溜溜的感觉，却很少有人探究别人多付出了多少。有人或许会说那是幸运，却很少思考：“为什么当机会来临时我们无法把握？”因为，机会总是乔装成“问题”的样子。

当顾客、同事或是老板交给你问题，可能也正为你创造了一个珍贵的机会。再如，主管要求做些额外的工作时，多数员工会说："这不是我分内的事。"他们却很少想到，如果不是你的工作，而你做了，这或许就成了你的机会。

美国著名出版商乔治・W・齐兹十二岁时，便到费城一家书店当营业员。他工作勤奋，而且常常积极主动地做一些分外事。他说："我并不仅仅只做我分内的工作，而是努力去做我力所能及的一切工作。我想让老板承认，我是一个比他想象中更加有用的人。"

比别人付出愈多，就是"愈有用的人"。任何成功人士之所以成功，都是因为愿意做别人不愿做的事情。假如你做的事都跟别人一样，别人休息你也休息，别人摸鱼你也摸鱼，那别人得到什么，你也只能得到什么。

要想得到别人得不到的东西，永远要记住：额外多给一点、多做一点。让人觉得物超所值，那么你的价值必然也跟着水涨船高！

除非你能够对别人有所影响，否则你的生命将微不足道。

——杰克·罗宾生

当你选择去做真正想做的事的那一刻，

就是一个不一样的人生。

——富勒

Part 10

追求在哪里，人生就在哪儿

31 有了目标，内心的力量才会找到方向

我们会在没有选定旅行目的地的情况下，就买了机票，登上飞机吗？这样的糊涂事，大概不可能发生。但在人生旅程中，我们却常犯这样的错误。许多人都漫无目的地过着日子。结果当然可想而知，生活会茫然空虚又浑浑噩噩。

你是否问过自己：这是我要的人生吗？我为什么这样过日子？我想成为什么样的人？想拥有什么样的生活？希望有

一天能够去做哪些事？我的目标是什么？

有人说：有目标的人在奔跑，没目标的人在流浪，因为，没目标的人不知道要去哪里。

我在学生时代就有很深刻的体会，每当第二天要早起赶第一班车，我从来不曾失误，时间一到就会自动醒来。可是到了周末，我总是起得比平日晚，到了寒暑假甚至会赖床不起。可见一旦失去目标，人马上就会懒散下来。

没有目标地活着，就像没有目的地地旅行

你可曾感到惊讶："为什么他做得到？"不论是在学业、工作还是其他方面的表现，我们身边总是有些人特别积极进取，表现得出类拔萃。

因为"他们有目标"。哈佛大学有一个关于目标对人生影响的调查，调查对象是一群智力、学历、环境等条件都差不多的年轻人，历经二十五年的追踪后发现：那些有

明确目标的人，几乎都成了专业人士、社会精英或顶尖成功人士。

而没有目标者，几乎都没有什么特别的成绩。他们分布在社会的中下层，有些人生活过得很不如意，有些人失业，靠社会救济，并且通常都在抱怨别人、抱怨社会、抱怨世界。

你可能也问过这样的问题："为什么他能如此？"有些人家境贫寒，境遇不平顺，却可以乐观开朗，活得很幸福。

因为"他们有目标"。要幸福快乐，生命就一定要有热情，而要有热情就必须有明确的目标。这目标是可以带来快乐和有意义的生活的。

新闻曾报道，有一位拾荒的阿婆，她的人生就有个目标。她说：我的工作是去捡瓶子、纸张，尽管如此，我要凭我的一己之力去努力存钱，我要捐一部救护车。结果，她办到了。她一定很快乐，因为她有目标，她不会一天到晚自怨自艾。反观许多退休人员、贵妇、有钱又很清闲的人，他们什么都不缺，为什么还不快乐？就是因为人生没有目标。

不只是想要，而是“一定要”

要如何确立目标，以下几点个人经验供大家参考：

1. 目标一定要明确，愈清楚愈好

想减重的人如果设定的目标是“减去两公斤”，要比“我一定要减肥”更好，因为这样可以对目标的达成有清楚的认识。

再如，一个月写好三十页书稿、年底前要完成一本书等等。目标就如射箭场的“靶位”，在没有靶位的射箭场练习射箭，不可能有好成绩。

2. 一定是发自内心要达成目标，动力才会充足

有多少次被问到自己的目标时，我们的回答是“这是爸

妈想要我做的”“这是老师、老板交代的”。我们常忘了问最重要的问题：“我真的想要这样吗？”如果不是自己真心想要完成的事情，我们通常就缺乏热情，不会全力以赴。

3. 目标难度高才能激发潜能

目标要合理但也要具有挑战性，因为具有挑战性的目标才能够激发潜力，迫使我们跳出习惯的框架，才会有最好的表现，做到过去做不到的事情。

4. 强烈的决心——不只是想要，而是“一定要”

如果你对实现目标没有强烈的欲望，充其量只是“想要”，那么遇到困难、遭遇挫折的时候，很容易退缩、放弃。

美国著名的石油大亨韩特曾经在阿肯色州种棉花，搞得一败涂地，后来却变成世界上最有钱的人之一。

有一次，他被人问到成功的秘诀是什么。

他说：“想成功只需谨记两件事，第一，看清楚你要的是什么，而大多数人从来不知道要这么做；第二，要有必须为成功付出代价的决心，然后想办法付出这个代价。”没错，即使你的本质是老鹰，但是当你仅以一只小鸡的生存形态活着，你就无法蜕变为翱翔天际的老鹰。

快设定一个让自己怦然心动的目标吧！

32 投资没有人抢得去的资产

我网络上读到过一则短文，感到深受启发：

有两个年轻的乡下人（甲、乙）一起挑水去城里卖，一桶卖一元，每人一天可以挑二十桶。

有一天，甲说："我们每天挑水，现在可以每天挑二十桶，但等我们老了还可以一天挑二十桶吗？我们为什么不现在挖一条水管通到城里？这样我们以后就不用这么累了。”

乙却说：“可是如果我们把时间花在挖水管上，我们一天就赚不到二十元了。”

所以乙不同意甲的想法，就继续每天挑水二十桶，而甲开始每天只挑十五桶，利用剩下的时间挖水管。

五年后，乙还在继续挑水，但只能每天挑十九桶了，而甲挖通了水管，每天只要开水龙头就可以赚钱了。

你想过五年、十年后在做什么吗？

我们一般人都像乙，每天把时间花在“挑水”上，为的只是要赚眼前的二十元。为什么我们不能像甲一样，挪出一点时间投资自己的未来？

把未来怎么活，改成现在怎么做，把未来的薪水变活

在课堂上，常有学生向我抱怨现在外面的薪资很低，每天工作时间很长，赚不到什么钱。我总是鼓励这些学生，好好规划五年、十年后的人生。

在变化迅速的现代，年轻人不要再想着靠一个工作养自己一辈子，应该多方面地充实自己。尤其是学生时期，更应如此。学习一种能力，一种别人无法取代、各处都可以运用的能力。例如，靠着不断进修，多考几张证书，拓展国际视野，拥有两种以上专长，跨领域学习。

我认识一个学生报名去学习了外贸协会国际企业人才培训中心的课程，课程结束后，主管就给他升职了，薪水是原来的两倍；还有，他的朋友选择了出国念书，回国后从本土企业跳槽到了国际公司，薪水是之前的三倍。他们证明了：与其被动地等待老板加薪，不如主动出击，让自己增值，老板自然就会主动替你加薪。

常有人问：市场前景不明，该怎么投资收益才能最大？

答案就是投资自己，没有人抢得去你这项资产。

“把你的关注点从以现在的薪水，未来怎么活，改成现在怎么做，才能把未来的薪水变活。”这是我给社会新人的建言。不要太计较薪水比别人多两千块还是比别人少五百，眼前的薪水相较于你日后的财富根本是蝇头小利，你要计较的是未来的可能性。

宁可辛苦一阵子，也绝对不要辛苦一辈子

许多人做事都只看眼前，没想到未来可能得到更大的利益，也没看到以后会有多大的损失，这就是为什么有些人会失败，有些人会成功。有个大家熟知的故事：《两个砍柴人》。两个砍柴人，一个年轻力壮，一个年纪很大，但老柴夫砍的柴，总是比年轻的柴夫还多。

年轻的柴夫比他更早到森林、更晚离开森林，砍回来的柴都无法比老柴夫多。

在努力了好几个月后，满腹疑问的年轻柴夫终于忍不住了，他问老柴夫：“我比你早上山、比你晚下山、比你年轻有力气，为什么我砍的柴还是比你少？”

“年轻人啊！”老柴夫拍拍他的肩膀说，“很简单，因为我每天回家后，都会磨利自己的斧头，所以隔天斧头还是很锐利，砍树依旧很轻松。但是你只顾着花更多的时间砍树，忘了把斧头磨利，当然会愈来愈辛苦。”

想想看：

你是否一直在砍树，却忘了把斧头磨利？

你是否一直在挑水，却忘了挖水管？

你宁可辛苦一阵子，还是辛苦一辈子？

你若是不想让自己总是后知后觉，那么从现在开始就要学习判断形势，投资自己！

33 / 人生没有错误这回事

人生是由一连串选择构成的，不论如何决定，每个选择都各有利弊，没有谁能永不犯错。如果想要今生不为任何事后悔，大概也就没几件事可做了。

错了就错了，下一次修正就好

有个年轻人问银行总裁："请问您是怎么会有今天的成就的？"

"因为五个字。"

"哪五个字？"

"正确的决定。"

年轻人好奇地追问："您是怎么做出正确的决定的？"

"因为两个字——经验。"

"您又如何取得经验呢？"

"也因为五个字。"总裁不疾不徐地回答，"错误的决定。"

成功的人也可能做过错误的决定。如果你问他：做错决定怎么办？他会告诉你，错了就错了，下一次修正就好！

想一想飞机，飞机虽有清楚的目标，然而在长途的飞行时间里，有九成以上的时间都是偏离航道飞行的。可是，人们坐的飞机却能丝毫不差地平稳到达目的地，那是怎么办到的？

因为飞行员有预定的目标，即使气流会把飞机吹离航道，但飞行员未曾停下脚步，只是监控着仪器，与塔台联络，不断修正调整，最后飞机总能抵达目的地。

这些道理也很适用于人生，事情的发展往往并非如同我们所预期的那样，但经过一连串的微调，不断摸索，不断修正，我们往往最终也能达成设定的目标。

人生不可能都是美好的经验，但你可以让经验变美好

苹果公司创始人之一贾伯斯眼光深远、极富创造力，他的成功广为传颂，但他也如常人一样，做过许多错误的决定。可令人钦佩的就是他在犯错后会检视错误，再度尝试，最终逆袭成功。

贾伯斯曾在对史丹佛毕业生的演讲中提到，这个过程对他来说是重要的人生经验，更是他人生中最棒的历程，若没

有这个过程，大家看到的贾伯斯就不是现在的他了。

美国电视脱口秀主持人奥普拉·温芙瑞受邀做哈佛大学毕业演说时，也拿自己创办有线频道“奥普拉电视网”的失败经验为例，现身说法。“如果你跟我一样，不断鞭策自己追求更高的日标，那么，你一定会有摔跤的时候。”跌倒不算什么，重点是能否重拾信心，卷土重来。

她说：“人生没有‘失败’这回事，失败的出现，其实是为了让我们换一个方向，再试试看。”

别忘了：成功源于正确的决定，正确的决定源于经验，而经验又源于错误的决定。换句话说，只要目标正确，剩下的就只是时间与毅力的问题。这一秒不放弃，下一秒就会有希望。

你必须要找到你所钟爱的东西，因为它是你成功坚持的动力。

——贾伯斯

我们很少去想已经拥有的东西，却念念不忘得不到的东西。

——叔本华

Part 11

看见拥有，而不是没有

34　满足需要的，不要理会想要的

当你口渴的时候，你需要喝水；肚子饿时，你需要食物；当你吃饱了，水喝够了，需求就满足了。但好多人并不是这样，常常还想要更多。如果你说："这甜点很好吃，我想再吃一点。""这饮料很好喝，我想再喝一杯。"这"想要的"就是欲望。

什么是需要，什么是想要？

需要非常简单，你需要什么呢？需要食物、阳光、空气、水，需要有衣服、需要休息，这都是一些简单的东西，需要很容易就能被满足。

但人们为什么还会有那么多不满？因为大家还“想要”更多。比如，你的朋友买了新的手机，是一部比你的更炫的手机，你心里的欲求就产生了，你也想要新手机。即使你并不需要新手机，但你也会不断地去想。当你的同事换了车子，你就也想换，或许你的车子还很好，或许你并没有足够的钱，但你会一想再想，想要那些不需要的。

欲望越少，满足就越多

人们常会抱怨自己存不下钱，如果说是因为薪水太少，这只答对了一半。事实上，每个星期你只上五天班，却有七天都在花钱。你的收入追不上你的花费，你想要的远超过你需要的，情况就是这样。

人们真的疯了，他们的欲求不断地滋长，这欲求可以是豪宅、汽车、名牌包，也可以是今年最新款的衣服、鞋子或者正要推出的新手机……许多人钱赚得愈多，负担反而愈重。原因很简单，当钱赚得愈多，想要的东西就愈多，而想要的愈多，就必须去赚更多的钱来支付更多的开销。

为什么我们感到压力和焦虑永无止境？因为欲望永无止境，因为没有为自己的欲望设限。苏格拉底谈到快乐时，排除了物质欲望的满足，因为那正像是将水倒入筛子，永远装不满。希腊大哲伊壁鸠鲁也说过："如果你要使一个人快乐，别增添他的财富，而是要减少他的欲望。"

要限制欲望，首先要思考几个问题：自己需要的真的有那么多吗？为什么你会认为应该要满足自己的所有欲望呢？

你必须弄清楚什么是需要，什么是想要

有一次，苏格拉底突然心血来潮，想出去走走。一些学

生于是怂恿老师去当时最热闹的市集逛逛。

“老师！那儿的衣服真多，绫罗绸缎样样都有，色彩也是五花八门……”一个学生说道。

“老师，那儿的珠宝可真是琳琅满目，玛瑙、翡翠、珍珠、玉器，要什么有什么……”另一个学生说道。

“那儿的日用品才多呢！举凡食、衣、住、行各方面的货物应有尽有，保证会让你满载而归！”学生们七嘴八舌地说着。

第二天，苏格拉底一进课堂，学生们立刻围上来，争相要他谈此行的收获。

“我此行唯一的收获，”只见苏格拉底顿了顿说道，“就是发现：原来我并不需要这么多东西。”

你必须弄清楚什么是需要，什么是想要。“需要”是生理层面的，来自身体；“想要”是心理层面的，来自欲望。

所以，在你开始想要一样东西之前，请先想想：“我是真的需要吗？我真的需要它吗？”如果你只是想要而不是真正需要，那就把它忘掉吧！

西方谚语有云：“依需要而活，很少人觉得贫穷；依想要而活，很少人觉得富足。”

试想，当你整天都想着自己欠缺的东西，内心又怎么满足？而当你内心不满足，又怎么可能对眼前的生活满意？

35 没成功没关系，但是一定要成长

“人可以不成功，但是不能不成长。”这句话我在课堂上曾一再提到，因为成功可能只是昙花一现，但是成长是一个持续的过程；成功很大程度上依靠外在因素和别人对你的评价，但成长是内在的，全依靠自己；就算有人阻碍你的成功，也没人能阻止你的成长。

一般人看重成功而非成长，往往是因为惧怕犯错，不愿接受挑战，无法将自身潜力发挥到最大。反之，若能以成长

的心态，不去问“得到什么”，而是问“学到什么”，结果将完全不同。

人生不是得到，就是学到

儿子对念书没兴趣，上学对他来说成了苦差事。于是，我给他传达了一个观念，那就是重点要放在学习态度，不必在意分数。此后，他读书有了新的意义，不再只是要争取高分以证明自己聪明或得到父母的肯定，而是开始注重有没有学到东西。在转向成长心态后，他不但变得自信开朗，上学这件事也变得快乐了。

想起有个朋友是做业务代表的，每次只要没谈成任何生意，没有得到佣金，从他脸上的表情一眼就可以看出来。“浪费那么多时间，结果什么也没得到。”他总这么抱怨。

“你应该改变心态，”我建议他，“如果你只用是否成交来衡量成败，认为努力的目的是做成生意、赚到钱，你一定常患得患失、心情低落。但是，如果你用是否成长来衡量，认为你的目标是学习，那么，就算没得到物质回报，至少你得到了更可贵的东西——那就是成长。”

是的，“人生不是得到，就是学到。”无论处境多么令人不快，我们都可以从中学到一些东西。当你有这种意识之后，即使生意没谈成、考试没考好、事情没做对、关系搞砸了……你会得到成长，学到以后如何做得更好或者变成更好的人。

重要的是，学习如何把绊脚石变成垫脚石。

美国太空总署（NASA）就是这么认为的。他们在甄选航天员时，会淘汰过去一帆风顺的人，而受过重挫但能东山再起者，反而受到青睐。我在挑选储备干部时也是以“成长潜能”为基准。看一个人如何面对失败，最容易看出他在未来有多大机会可以成功。

纵观古今成大事业者，总是要历尽沉浮。国际企业如索尼、戴尔、通用、福特等，也都面临过大的挫败。这也是为什么“失败学”会成为当今显学。

从学习的角度来看，根本没有所谓的失败。你可以回想一下，过去某个时刻发生过的让你挫败的事。现在，当你以更年长、更成熟的眼光回顾，是否发现自己从中学到了什么？也许因为那个经验，你才会改变，才有所领悟，才生出智慧来，不是吗？

所以，当一件事情发生时，不要用得失、好坏、对错、成败去评判，也不要抱憾。在人生的道路上，处处都充满着绊脚石。重要的是，学习如何把绊脚石变成垫脚石。

切记，事情没成功没关系，但是一定要成长。

36 / 你必须记得的是，你已经够幸福了

要怎么做才能得到幸福？

其实，我们原本已经是幸福的了，我们要做的就是认识到这一点。但为什么我们都感觉不到自己幸福？ 因为我们把它视为理所当然，所以感觉不到。

真的没什么好抱怨，我们也没有资格抱怨

人如果没有感受到幸福，就表示我们对自己所拥有的一切缺乏感激的心。当心驻留在自己欠缺的事物上头时，我们永远觉得自己是不足的。因此，不满遍布于生活中的每个层面：我的身材不好、父母管得太多、伴侣不体贴、房子太小、冷气不冷、菜怎么那么难吃……你知道吗？就在你抱怨菜不好吃时，就在这短短的两秒，世上就有一个小孩死于饥饿；光是中非共和国国内就有上百万人因战乱流离失所。能有饭吃，有房子住，家人能在一起，已是非常幸福的事。

一行禅师曾有感而发地说，在梅村那边，餐前会由一个小孩读偈。他会手捧着一碗米饭，然后这么说："今天餐桌上摆了妈妈做的丰盛佳肴。在座的还有我的爸爸、我的兄弟姐妹，真好！大家欢聚一堂一起享用美食，而此刻还有许多人正在挨饿，我万分感激命运对我的恩赐。"

只要我们还能吃，甚至只要能哭、能笑、能呼吸都应该感恩。因为并非每个人都这么幸运。我曾到过疗养院，院中

很多重度脑性麻痹的病人，一辈子只能躺在病床上。他们不能说话、不能移动身体，就连吃饭也只能靠鼻胃管灌入流质的食物。我也见过许多不能言语及哭笑的植物人，一辈子就只能望着病床上的白色天花板；还有更多人，在死亡边缘徘徊。他们气数已尽，也许呼吸不到下一口空气。

我们已经够幸福了，真的没什么好抱怨，也没有资格抱怨。

不要为你所没有的抱怨，要感激你所拥有的

我常要求班上的同学写感恩日记，每个人每天花点时间，写上让自己感恩的人、事、物以及把今天碰到的好事写下来。

如果一开始不知道要如何写，可以用“我要感谢……”做开头。例如：我要感谢我的哥哥，因为我哥在我跌倒的时候，不但带我回家，还帮我换药，我要谢谢他。我要感谢子

萱陪我去买衣服，我要感谢书逵帮我清理餐桌……

事情无论大小，只要值得感恩，就在当天临睡前把它们一一记下。感恩时，你就会感受到美好的、值得赞赏的人、事、物，你就不会把每件事都视为理所当然，你会看见自己所拥有的，于是幸福感就会油然而生，这就是感恩的力量。

这些年你是否发现自己的快乐越来越少？这并不是因为你缺少什么，而是因为你忘了去感恩。试想，若是有人送你一朵花，你心中却想着："真小气，为什么不送一束花。"你会觉得幸福吗？

每当有人问我如何改善心情、消除不快的念头，我都会建议，每天都问问自己这个问题："有什么是值得我感激的？"

心里多一分感恩，生活便少了一分抱怨，多了一分珍惜，也就多了一分幸福。没错，不要为你所没有的抱怨，要感激你所拥有的。

37 快乐不是去“追求”，而是要去“知觉”

很多人认为他们要去“追求”快乐，那是一种错误的观念。因为快乐不是你要追求的东西，而是你已经拥有的东西。

每个人的内心都渴望快乐，于是我们创造出了各种要求，认为我们要这样才能快乐：“假如我得到某样东西，我就会快乐……假如我做到了某件事，我便会快乐……假如我找到工作、通过考试、买到车、和某人在一起，我便会快乐满足……”真的是这样吗？

回想一下，在你一生当中有多少次现实已遂你所愿？如果说话算数的话，你早该快乐了，不是吗？你想买到的东西，你买到了；你想做的事，你也做到了；你喜欢的那个人，你们也在一起了。在生活中，你已经一次又一次得到了想要的东西，为什么仍不快乐？

真正快乐的人，即使一无所有他也仍是快乐的

快乐和外在无关，快乐不是因为外在因素，而是因为自己的内心。

如果你是不快乐的，待在什么地方都不会快乐的。有钱可以买好车、住豪宅，但是坐在车里、住在豪宅的还是同样的你。物质财富可以改变生活，但不会改变你。这个世界有太多坐拥豪宅名车、财产丰厚已极、拥有高学历、高地位却成天闷闷不乐的人，不是吗？

人们一直向外寻找，那是搞错了方向，快乐是在你自己

心中。你见过小孩毫无理由地就很快乐吗？他们没有金银珠宝，没有名牌服饰，没有升官发财，他们甚至什么都不是，却笑逐颜开。

到一些落后国家时，我不断能看见一些人，他们的生活充其量只能算比忍受饥饿稍微好一点，可是他们的生活充满了欢笑、歌舞，并且，他们庆幸自己拥有现在的一切。在医院我也看到过许多身患重症、四肢不全的人微笑着面对生命。

反观那些物质充裕、四肢健全的人，却时常愁眉不展、抱怨连连。为什么？

因为他们给“快乐”附加了太多的条件，以致变得不快乐。

快乐就在当下，好好用心感受吧

林肯说：“乐由心生。”快乐就在你内心中，不论你去哪里。当你出门，快乐跟你一起出门；当你睡着了，快乐也跟你在一起；当你挫折失意，快乐依旧在你内心；不论你在做什么，你去任何地方快乐都与你同在。

比利时剧作家莫里斯·梅特林克在他获得诺贝尔文学奖的名剧《青鸟》中，描述吉吉儿和米吉儿兄妹俩如何四处寻找理想中的青鸟，而找遍所有的森林后，才发现他们所饲养的那只蓝背的小鸟——就是青鸟。

那些到处寻找快乐的人，就是把快乐遗忘的人。快乐不需要去“追求”，而是要去“知觉”。当我们一边骑着自行车，一边吹着凉风时，这就是快乐。而不该一边骑着自行车，还在寻找快乐在哪里。

诗人詹姆士·欧本海默说得对：“愚蠢的人向远方寻找快乐，聪明的人在脚下栽种它。”不要眼中老望着下个山头，而没有时间停下来好好欣赏自己攀登过的这座山。快乐就在当下，好好用心感受吧！

大多数人想改造这个世界，

却罕有人想改造自己。

——托尔斯泰

Part 12

人生主导权在你手上

38 抱怨不如改变

有很多人写信问我问题：

“老师，我个性太害羞内向，要怎么改善？”

“老师，我因为失业，很忧郁，对自己没信心。我该怎么做？”

“老师，我和他在一起两年，每次都为同样的事吵架。”

“我想减肥，又抵御不了美食的诱惑。”

“我缺乏斗志，一直提不起劲，怎么办？”

“我的主管很差劲，实在让人受不了。”

你的身旁或许也充斥着这样的声音，但问问题的人是否诚实地思考过：我真的不想再这样下去吗？

我认识一位朋友，他成天抱怨公司和老板，满腹牢骚却无力改变，一直说要辞职却一直不走，十年来他抱怨的事依旧，唯一改变的是他头顶上的头发愈来愈少。

有些事现在不做，以后也不会做了

说来也许你会惊讶，不过我真的见过太多这样的事，不管是关于工作、生活或是人际关系，人们明知道“原地踏步”走不出僵局，但仍选择维持现状。

许多人宁可遗憾、后悔，也不愿去做自己害怕的事；宁可屈就不满意的工作，也不愿尝试新的挑战；宁可继续痛苦挣扎，也不愿改变难以忍受的人际关系；宁可蛰伏在熟悉的牢笼，也不愿飞向未知的天空。

说一则故事：有一个男子经过一户人家，看到门前有一个老妇人坐在摇椅上，边摇边看报纸，她旁边有一条狗，躺在地上表情痛苦地呻吟。这个男子经过时，心里想着，不知道这条狗为什么哀叫。

第二天，他又经过这户人家，看到这老妇人还是一样坐在摇椅上，而那条狗也还是躺在地上，发出同样痛苦的声音。他满心疑惑。

第三天，他又看到了同样的画面，他再也按捺不住好奇心了。

“不好意思，这位太太，”他对着老妇人喊，“你的狗怎么了？”

“你说它啊？”她说，“它正躺在一根钉子上。”

这答案让他不解，于是又问：“它躺在钉子上，钉子又让它痛苦，它为什么不走开呢？”

老太太笑了，说：“傻小子，那点痛只够让它呻吟，却还不够要它起身走开。”

你是否一直抱怨着某种状况，却没有采取行动去改变？

你必须先放弃“无望的”人生，然后才可能拥有充满“希望的”人生

不久前，有位女学生跑来找我，她说：“我和男友已经交往半年了，我为他付出很多，他对我却很冷淡，而且我在很多地方渐渐发现他很不成熟，没耐心，情绪阴晴不定，说话不负责任，我一再给他机会，希望他能改，但我发现他没办法改……”

“那你为什么不跟他提分手？”我突然丢出这句话打断了她的抱怨。她先是愣了一下，然后支支吾吾地说：“可是我不想失去他……”

所以重点是“你真的不想再这样下去了吗？”现在你应该诚实地回答这个问题。

你本来就是自由的，事实上，你是完全自由的，并没有任何枷锁把你困住，是你自己紧抓着枷锁不放，这才是问题所在。你并非无路可走，而是你不愿走出去。

一个年轻女孩问一位很有智慧的老婆婆说：“怎样才能变成蝴蝶？”

老婆婆眨了眨眼睛，微笑着说：“你必须要有‘飞’的志向，而且愿意放弃你作为毛毛虫的生命。”

抱怨不如改变。是的，你必须先放弃“无望的”人生，然后才可能拥有充满“希望的”人生。想要明天有不一样的自己，从现在开始就下决心改变吧！

39 你有选择的自由

今天，我们常谈到自由。它是我们与生俱来的权利，也没有人可以从我们手中把它拿走。只是大家很少去运用它，有些人甚至已经遗忘了它的存在。自由是什么？那就是我们永远都有选择的权利。

从早晨起床的那一刻起，我们就都有权利去选择自己要怎么过新的一天。你可以展露笑脸，也可以绷着脸。你可以让它变成痛苦的一天，也可以让它成为美好的一天，这完全由你决定。

自由是知道你拥有自己的人生，你是自己的负责人

“但是这不是真的。”你可能会想，“我有一堆烦人的事，工作苦、老板坏、上课好无聊、小孩不听话、客户难搞、交通不便……这些事情都不是我可以决定的。”你说得没错。你生命里出现的事情，并不全部取决于你。你无法控制外在环境和别人，可是你永远能自由选择自己的反应。

你今天运气很背，出门因塞车而迟到，拜访几个客户都被拒绝，开会又被主管训了一顿，当你回到家，如果有人问你：今天过得好不好？

你回答：“倒霉、糟透了！”那你现在的心情呢？没有必要也是“倒霉、糟透了”吧？你虽无法控制道路状况、客户的反应和主管的行为，却可以决定要如何反应。当下班回到家，你可以选择放松心情，散散步、打个球、喝咖啡、听

音乐或是约朋友去赏夜景、吹吹风。

一旦知道你有选择的自由，你就要为自己负责。如果你想闷闷不乐，那是你的选择，别抱怨。如果你想继续痛苦，那也是你自己的决定。

有一位病人，他原是某公司的老板，领导和决策能力都很强，后来罹患了帕金森，当病情严重到必须仰赖别人照顾时，他就觉得再也没有活下去的意义了。家人一再劝他别想太多，他却想一了百了。

我告诉他："如果你想死，谁也无法阻止。但我觉得真正让你感到困扰的是你失去了选择的能力。你有没有想过，你可以选择懦弱，也可以选择坚强；你可以选择放弃，也可以选择承担；你可以选择悲苦，也可以选择喜乐。"

既然你是完全自由的，为什么要选择不快乐

常有人问我：为什么我常感到不快乐？你能帮我解决这

个问题吗？

我说：答案就在你的问题里头，你不想为自己的生命负责，反倒认为那是别人该做的，这就是你不快乐的主要原因。

出现在我们生命里的人，不会凡事都顺我们的心，他们会说自己想说的话，做他们想做的事。我们常忘记，自己的快乐并不是由他人的言行来决定，而是由我们对他人的反应来决定。别人对你如何反应，也是他们的自由。你不需要改变别人，但你能改变你对他们的反应。

你遇到挫折，总是报以抱怨或气愤，发生的事，也不会尽如人意。其实你也能选择乐观正面的态度，借着新的反应方式，你就恢复自由了。

生命的不同不仅仅是由各种事件交织而成，只有我们回应生命以独特的方式，才能真正决定我们的人生。

想过吗？既然你是完全自由的，为什么要选择不快乐？

在这世界上，你必须成为你希望看到的改变。

——甘地